E^{ts} ARDOUIN **2009**

BUREAUX DE PLACEMENT

A PARIS

PLACEMENT CHARITE

LEUR

Paris — — Éditeur

BUREAUX MUNICIPAUX

DE

PLACEMENT GRATUIT

LEUR SITUATION ACTUELLE

PAR

LE BAILLY

Vice-Président de la Commission administrative du Bureau Municipal
de Placement gratuit du VIe Arrondissement

(OUVRAGE POSTHUME)·

Paris — LE BAILLY — Éditeur

15, RUE DE TOURNON, 15

1890

NOTICE BIOGRAPHIQUE

L'homme qui a écrit ce livre, M. Le Bailly (*Auguste-Jean*), n'était pas un homme de mince valeur. Ceux qui l'ont connu à fond, — et je suis de ceux-là, — savent tout ce que son cœur possédait de bonté, de charité pour les souffrants, pour les petits, et surtout l'intense patriotisme qui dictait tous les actes de sa vie publique et privée. Son intelligence était à la hauteur de sa belle âme.

M. Le Bailly, libraire-éditeur de musique et d'œuvres d'instruction populaire, né à Paris en 1833, nous a été enlevé le 27 décembre 1889 ; il est passé en faisant le bien, toujours. Sa vie a été d'une activité prodigieuse ; sa fortune appartenait à tous ceux qui, comme lui, avaient le souci du soulagement des classes pauvres et du développement des idées d' « *Honneur et Patrie* », cette simple et noble devise que porte la médaille militaire, donnée à nos obscurs soldats et aux généraux qui ont commandé en chef devant l'ennemi.

Ce fut un bienfaiteur de la commune de Taverny, dont il était conseiller municipal, et il me faudrait bien des pages pour transcrire ici les lettres d'illustres personnages que frappa cette mort prématurée et qui prodiguèrent, dans cette douloureuse circonstance, à la compagne fidèle de ses actes d'inépuisable charité, les consolations dont elle avait tant besoin.

Je veux ici, pour donner une simple idée de ce que fut cet homme de bien, faire une énumération de ses titres ; je devrais dire : des charges qu'il avait accumulées et qui, certainement, ont abrégé sa vie, ont ruiné sa santé si délicate. M. Le Bailly était :

Editeur de librairie et de musique ;

Ancien vice-président de la Société des Auteurs, Compositeurs et Editeurs de musique ;

Membre du Comité exécutif de l'Association littéraire et artistique internationale ;

Président de l'Association des Editeurs de musique ;

Conseiller municipal de Taverny et vice-président de la Caisse des Ecoles ;

Président de la Société de gymnastique et d'armes de Taverny ;

Membre du Conseil d'administration de l'Association régionale des Sociétés de gymnastique, de tir et d'escrime des départements de Seine-et-Oise, Seine-et-Marne et Oise ;

Membre du Conseil d'administration de la Société d'horticulture, d'agriculture et de botanique du canton de Montmorency ;

Directeur du « *Journal des Campagnes* » et du journal « *Le Chercheur* » ;

Vice-président de la Commission administrative du Bureau municipal de placement gratuit et administrateur du Bureau de bienfaisance du VI° arrondissement de la Ville de Paris.

Son étonnante énergie s'attaquait à tous les devoirs à accomplir, et l'énumération que je viens de faire des occupations qu'il s'était créées en dit plus que je ne pourrais en dire moi-même.

Et ce n'étaient pas pour lui de vains titres ; c'était pour lui une collaboration efficace à toutes ces œuvres qu'il avait faites siennes. Un congrès s'ouvrait-il en Belgique ou ailleurs pour discuter nos droits internationaux de propriété artistique et littéraire ? M. Le Bailly s'y rendait immédiatement, et sa parole, chaude et convaincue, enlevait de suite les suffrages de ses collègues des autres nations. On lui doit, à ce point de vue, bien de la reconnaissance, car c'est surtout à lui que revient l'honneur d'avoir presque créé nos droits internationaux sur cette question si délicate. Il a même écrit à ce sujet un petit ouvrage fort apprécié par les juristes. Avant sa mort, il se proposait de publier un autre ouvrage du même genre, le « *Guide manuel de l'Éditeur de musique* », dont il avait réuni les éléments avec un talent admirable et une patience de bénédictin.

J'ai sous les yeux le canevas de cet ouvrage ; il dénote chez son auteur une connaissance approfondie du métier et je m'étonne, moi qui fus souvent son collaborateur et sus profiter de ses excellents conseils, qu'un homme chargé de tant de travaux, d'occupations volontaires, de charges, de la direction de deux journaux et d'une maison de librairie, ait pu trouver le temps, quoique souffrant presque continuellement de la maladie qui devait l'enlever, de se livrer à un travail aussi ardu et aussi pénible.

Son « *Journal des Campagnes* » est un des mieux conçus et des mieux rédigés en ce qui concerne toutes les questions relatives à l'agriculture ; et son souci du bien allait si loin, précisément au point de vue de ces importantes questions, qu'il mit au concours un « *Traité d'agriculture à l'usage des Écoles primaires*. »

On n'oubliera jamais, ni à Taverny ni au VIᵉ arrondissement, l'activité, l'énergie au travail pour les classes pauvres, pour l'instruction du peuple, de cet homme de bien, qui savait donner à toute œuvre à laquelle il collaborait un élan irrésistible, — trouvant sa récompense dans la satisfaction qu'il éprouvait d'avoir fait le bien. De cette préoccupation constante d'aider, d'obliger ses semblables, sa physionomie si ouverte avait une expression de bonté infinie, et certes, ceux qui l'ont vu au Jardin du Luxembourg, dirigeant les jeux scolaires des enfants du VIᵉ arrondissement, gardent un impérissable

souvenir de ces exercices qu'il avait créés et organisés.
M. Le Bailly avait fait rechercher pour ces enfants les
jeux anciens qui, peu à peu, s'étaient oubliés. En les leur
faisant enseigner, il excitait une émulation qui le rendait
particulièrement heureux, car il réalisait, dans ces enseignements physiques donnés à la jeunesse, son programme de régénération nationale par les exercices du
corps.

Les témoignages de regrets provoqués par sa perte
sont nombreux ; je les ai sous les yeux, et réellement
M. Le Bailly les méritait bien. Ce ne sont pas de banales
consolations qui sont données aux siens : ce sont les
regrets bien sincères de braves cœurs qui l'ont connu et
apprécié ; c'est l'expression vraie des sentiments d'estime
et d'affection qu'il avait su faire naître chez toutes les
personnes qui l'avaient approché, et dans les lettres que
je lis, du plus haut jusqu'au plus humble, du ministre au
simple obligé, le sentiment est le même. Car M. Le Bailly,
dans sa vie si bien remplie, avait touché à tout, fré-
quenté tous, fait du bien partout, et avait, dans toutes les
occasions qui s'offraient à lui, donné la preuve du goût
artistique le plus éclairé et du patriotisme le plus
ardent.

Tous ceux qui l'ont connu pensent et disent de lui ce
que j'écrivais plus haut et que l'on a dit jadis d'un autre
juste : *Transiit benefaciendo*, il est passé en faisant le
bien.

J. DE RIOLS.

à madame Veuve Le Bailly.

Madame,

Vous attachez, m'avez-vous dit, quelque prix à ce qu'en tête du volume que vous a laissé votre regretté mari et que vous allez pieusement publier, ses souvenirs de lui, j'écrive moi-même quelques lignes. Je le fais d'autant plus volontiers que j'avais pour Le Bailly, vous le savez, beaucoup d'estime et d'amitié, que je l'ai vu à l'œuvre, et que j'ai pu connaître aussi un peu de son esprit et de son cœur. Membre de l'association littéraire et artistique internationale, dont j'ai l'honneur d'être, en ce moment, le Président, Le Bailly nous a rendu des services signalés. J'ai rarement vu un esprit plus droit, plus net, voyant plus clair. Il ne parlait qu'à bon escient, avec une certaine défiance de lui-même, mais toujours pour exprimer des idées justes que rallieraient bientôt tous les suffrages. Il n'a pas été étranger aux succès que notre association a obtenus dans ses divers Congrès, et, pour ma part, je lui garde une vive reconnaissance pour l'appui que j'ai personnellement trouvé en lui dans la discussion de certaines questions, qui, par leur côté international, étaient difficiles et délicates. Je puis vous assurer, madame, que sa place, dans notre association, est restée vide et que là, comme partout ailleurs, il a laissé d'unanimes regrets.

L'ouvrage que vous publiez montre à quel point Le Bailly s'intéressait aux besoins et aux souffrances des autres. Il avait été frappé de l'imperfection de ces bureaux de placement privés, où toute misère aboutit fatalement, et qui, trop souvent, comme il la dit, confisquant au détriment des besoigneux, de l'espoir et du désespoir; il s'était donc préoccupé de la création des bureaux de placement municipaux, qui, dans un temps plus ou moins prochain, seront partout les intermédiaires gratuits entre les patrons et les ouvriers de tout état et de toute condition. Le jour où, grâce à cette organisation, l'homme qui veut vivre de son travail sera certain de trouver l'emploi de son activité, la question sociale aura fait un grand pas vers la solution rationnelle et pacifique. Ce sera l'honneur de La Bailly d'avoir aidé à ce beau résultat. Du reste, vous me le rappeliez, sa devise était : tout par le travail.

Puisse ce témoignage apporter quelque adoucissement à votre douleur; surtout puisez une pure de consolation dans cette pensée que celui que vous pleurez ne survit pas le bien qu'il a fait et dont il vous lègue l'héritage.

Croyez à nos sentiments dévoués

Eug Pouillet

Lettre de M. Pouillet, avocat à la Cour.

Berne, le 6 Janvier 1890

Madame,

C'est avec un profond cha-
grin que j'ai appris par votre lettre d'hier
et par les journaux et le faire part que vous
avez bien voulu me faire adresser, la très
grande perte que nous venons tous de faire
et qui vous atteint de la manière la plus
douloureuse. Monsieur Le Bailly était
un de ces hommes qu'on ne peut rencon
trer sans éprouver pour eux une vive sym
pathie et une grande estime. Je l'ai connu en 1883 à Berne, où nous avons
passé ensemble quelques jours inoubliables
au Congrès qui a donné naissance à
l'Union pour la propriété littéraire et
artistique, cette œuvre à laquelle il était
si profondément dévoué. Je l'ai revu à
Paris, au banquet qui en octobre dernier

réunissait les représentants de toutes les sociétés intéressées à cette oeuvre. A plusieurs reprises, dans des circonstances importantes de ma vie politique ou à la suite de quelque pas décisif dans le domaine de la protection internationale des oeuvres de l'esprit, il avait bien voulu m'adresser les félicitations et ses voeux ainsi que ceux de la société des éditeurs de musique. C'est ainsi qu'un courant d'affection n'a cessé d'être maintenu entre nous, et je lui en suis demeuré très reconnaissant. Je me joins donc de tout coeur, Madame, au deuil immense qui vous afflige ainsi que tous ceux qui, dans les domaines les plus divers, ont connu et apprécié son grand coeur, sa belle intelligence, son activité et son dévouement. Je suis profondément touché de la lettre que vous

avez pris la peine de m'adresser :
elle me prouve que Monsieur le Bailly
ne considérait pas nos rapports au
point de vue d'une politesse banale,
mais qu'il jugeait à propos de com-
muniquer aux membres de sa famille
les sentiments qu'il voulait bien
professer à mon égard.

Je vous remercie tout particulièrement, Madame, des documents
que vous m'avez fait parvenir. Ils
me serviront pour publier dans le
Droit d'auteur, le journal officiel de
l'Union que Monsieur le Bailly a aidé
à fonder, une notice biographique sur
l'excellent homme que nous avons perdu.

Agréez, Madame, l'expression
de ma douloureuse sympathie et
de ma considération la plus respectueuse

Droz

Lettre de M. Droz, Conseiller fédéral, Délégué aux Affaires étrangères, à Berne (Suisse)

Paris le 29 Janvier 1890.

Madame,

En vous adressant cette lettre je ne puis me
défendre d'un sentiment de profonde tristesse.

Redire le nom de ceux que l'on pleure
n'est-ce pas, en effet, raviver d'infinies
douleurs.

Et cependant, à évoquer leur souvenir, il
y a comme un charme indéfinissable.

Hier ils étaient là, près de nous.

Nous vivions la même vie; les pensées
étaient communes, les joies comme les
soucis se partageaient, les aspirations
étaient les mêmes, l'idéal des uns n'avait
d'égal que celui des autres.

Et quand ils savaient s'élever plus
haut que nous, nous étions heureux, nous
les aimions plus encore, nous les admirions
et nous retenions les grandes leçons qu'ils
nous enseignaient avec tant de simplicité.

Aujourd'hui ils ne sont plus.

Mais il nous reste la mémoire de tout le bien qu'ils ont semé autour d'eux.

Et c'est là notre joie, s'il peut en être une à travers le deuil.

Si cette joie existe, elle doit, Madame, être plus entière pour vous que pour tous autres.

Quel homme eut, en effet, le cœur plus large, l'esprit plus élevé et un amour plus profond des siens que Monsieur Le Bailly.

Pendant de longues années, j'ai été assez heureux pour me trouver en contact fréquent avec lui.

Épris des mêmes idées, dirigeant nos études vers un même but, la défense des droits de l'intelligence, il nous arrivait bien souvent de nous rencontrer.

J'aimais à recevoir les enseignements de sa profonde expérience.

C'est ainsi que j'ai appris à connaître

à juger et à aimer ce grand caractère.

Je n'étais pas le seul.

— Tous ceux qui l'ont approché ont pu
bien souvent apprécier la sûreté de son
jugement et de ses connaissances techniques.

L'œuvre qu'il avait entreprise est
de celles qui durent. Le souvenir de
Monsieur le Bailly ne périra pas d'avantage.

On ne peut pas parler ainsi de beaucoup d'hommes.

Daignez recevoir, Madame,
l'expression de mes sentiments les plus
respectueux

Le Senne
avocat à la Cour
Député

Paris Janvier 1890

Madame

Je sais la cruauté du coup
qui vous frappe, et je
n'essaierai pas de vous offrir
de banales consolations.

Mais vous trouverez peut-être
quelqu'adoucissement à votre
légitime douleur, en songeant
qu'elle est partagée, et que tous
ceux qui ont connu votre regretté
mari apprécient l'étendue de
la perte qu'ils viennent de faire.

J'ai vu m. le Bailly à l'œuvre
lorsqu'il était vice président de
la société des auteurs compositeurs
et éditeurs de musique. C'est là
que j'ai pu juger ses aptitudes
si variées, la puissance de
son travail, la netteté de ses
vues, l'élévation de ses idées.
Toutes les questions qui peuvent
être soulevées à propos de la

propriété littéraire et artistique
lui étaient familières ; mais il
ne se faisait pas moins remarquer
par la rectitude de son esprit
que par la bonté de son cœur
Je ne vous dirai, Madame,
ni les artistes qu'il a aidés
ou encouragés, ni les concerts
de bienfaisance qu'il a su
organiser, je rappelerai
seulement que notre caisse des
pensions de retraite doit son
origine à sa généreuse
initiative.

La champ si vaste d'études
et de travaux que lui offrait
notre société ne suffisait pas
à sa prodigieuse activité
les Orphéons, les sociétés
de Gymnastique, les
questions agricoles

municipales, social…
constamment ses forces
quand la mort est
venue interrompre le
cours d'une vie si utile

Votre nom n'est
plus, madame, mais
les œuvres subsistent
et son souvenir est toujours
vivant dans notre
mémoire comme dans
votre cœur

Agréez, madame,
la respectueuse assurance
de mes sentiments dévoués
avec l'expression de ma
douloureuse sympathie

Laurent de Rillé

Lettre de M. Laurent de Rillé, compositeur de musique.

A Monsieur DEFERT,

Maire du 6ᵉ Arrondissement.

PREMIÈRE PARTIE

BUREAUX MUNICIPAUX

DE

PLACEMENT GRATUIT

PRÉAMBULE

Monsieur le Maire,

Vous avez bien voulu m'engager à vous faire un rapport sur les Bureaux de placement municipaux ; me laisser croire dans votre inépuisable amabilité qu'il serait bon à quelque chose ; alors, je me suis mis courageusement à l'œuvre et je l'ai menée, sinon à bien, du moins à sa fin.

Il s'agissait à mon point de vue, non seulement d'aller visiter les mairies ayant des Bureaux de placement pour en constater le fonctionnement, mais encore, et je trouvais ce point fort utile, de consulter les municipalités des Mairies n'en possédant pas, en m'informant du pourquoi.

Je dois constater tout d'abord, que partout j'ai rencontré le plus grand empressement à me fournir les renseignements dont j'avais besoin, que partout j'ai été bien reçu ; il semblait se refléter dans toutes les mairies, pour la facilité de mon itinéraire et de ma besogne, l'urbanité, la politesse, la complaisance dont la Mairie du 6ᵉ arrondissement, dans les services multiples de son administration, a si justement la réputation.

J'ai divisé mon modeste travail en trois divisions ou chapitres, le premier est intitulé :

LES MAIRIES DE PARIS

I. Celles qui ont des Bureaux municipaux. — II. Celles ayant des Bureaux privés. — III. Celles n'ayant pas de Bureaux.

Le deuxième chapitre est intitulé :

LES BUREAUX

I. Local – Agencement. — II. Matériel.
III. Employés.

A ces deux premiers chapitres j'en ai ajouté un troisième, dans lequel je me permets certaines remarques, sur l'état présent et sur l'avenir des bureaux.

Le tout est accompagné d'annexes pouvant intéresser le chercheur, le collectionneur, et surtout reproduites pour guider les Municipalités dans l'organisation de Bureaux similaires.

Mon intention est de compléter sous peu de temps ce premier travail par une autre partie indicative des causes ayant amené la création des Bureaux municipaux ; et sans m'étendre davantage pour le moment sur la création de ces derniers, je puis dès à présent affirmer que si le Conseil Municipal, si la Préfecture de la Seine, insistent si fortement auprès des Municipalités de chaque arrondissement pour en établir, les Bureaux de placement privés en sont la cause, ces bureaux ayant en effet tellement lassé le public, abusé de la classe ouvrière et besoigneuse, qu'il est devenu de toute nécessité de créer des bureaux gratuits, pour mettre un terme à l'exploitation de ces trafiquants de l'*espoir* et du *désespoir*.

LE BAILLY.

CHAPITRE PREMIER

LES MAIRIES DE PARIS

I

CELLES QUI ONT DES BUREAUX MUNICIPAUX

1er Arrondissement (Mairie du Louvre).

Dans une séance tenue le 12 octobre 1888, par la Municipalité, une Société a été créée et des statuts élaborés [1].

Des affiches [2] apposées dans tout l'arrondissement et des circulaires reproduisant les termes de l'affiche (sauf un appel supplémentaire pour obtenir des membres honoraires à 5 francs par an), informèrent de la fondation du bureau les électeurs et toutes les personnes que cette institution pouvait intéresser.

Les commencements étaient bons, mais il y eut des hésitations ; ainsi le bureau, primitivement installé pour octobre 1888, ne put réellement fonctionner qu'en novembre.

Ensuite, l'on inscrivit tout d'abord les offres et les demandes de tout Paris, mais devant la quantité d'individus qui se présentèrent, foule composée même de vagabonds profitant d'un local ouvert pour venir se chauffer et dormir, on restreignit les demandes aux 1er et 2e arrondissements seulement, en conservant l'inscription des offres pour Paris, sa banlieue et la province.

Aussi les résultats n'ont pas rendu tout ce que l'on pouvait attendre d'un arrondissement central, populeux et commerçant.

Du mois d'octobre 1888 au 30 septembre 1889, il a été enregistré 3,354 demandes d'emplois, dont 1,968 étrangers à l'arrondissement, inscrits dans le commencement du fonctionnement du bureau.

La répartition détaillée est de 2,525 hommes, 829 femmes.

[1] Annexe 1.
[2] Annexe 2.

Les offres d'emplois ont été de 479, soit 286 hommes et 193 femmes.

Enfin, le placement a été, dans le même délai, de 205 hommes, 144 femmes.

Le Comité prévu par les statuts a régulièrement fonctionné et s'est réuni six fois.

4ᵉ Arrondissement (Mairie de l'Hôtel-de-Ville).

Par une circulaire de mars 1889 [1], la Municipalité annonce la création d'un service municipal de placement gratuit.

Des affiches sont apposées dans tout l'arrondissement ; des circulaires sont adressées à tous les électeurs et commerçants : de plus, des insertions sont faites dans un certain nombre de journaux.

Il n'est pas fait d'appel au public pour la fondation d'une société, le bureau est complètement municipal ; donc pas de statuts.

Seule, une commission nommée par la municipalité fonctionne ; les membres de cette commission viennent de temps à autre surveiller et aider le personnel du bureau.

Les offres et demandes sont reçues pour tout Paris.

Les chiffres d'inscriptions, tant à l'offre qu'à la demande, ne sont pas assez gros pour être mentionnés, ce bureau étant trop nouveau ; le seul point intéressant, c'est le placement qui a été, les femmes y comptant pour les deux tiers, de 40 par mois hommes et femmes.

Il y a mieux à faire dans cet arrondissement où il semble que l'on ait voulu donner toute satisfaction au Conseil municipal, sans donner ensuite l'impulsion vigoureuse nécessaire ; ainsi, dans la circulaire annexée, il est question d'une boîte installée sous le vestibule pour recevoir les communications ; elle n'a jamais été placée.

Le bureau lui-même, malgré son installation assez bonne (il a deux pièces), est défectueusement situé. C'est un ancien poste de pompiers, donnant sur la rue du Pont-Louis-Philippe ;

[1] Annexe 3.

un bureau de placement doit être dans l'intérieur de la mairie, mais peut-être n'avait-on pas d'autre local dont on pût disposer.

Allons, édiles du 4e arrondissement, un peu plus de nerf et tout ira bien.

5e Arrondissement (Mairie du Panthéon).

Ce bureau est un émule de celui du 6e arrondissement ; il en a pris d'une façon heureuse les meilleures formules ; aussi, s'il ne prospère pas davantage n'est-ce pas la faute de bonnes traditions, mais d'une population toute exceptionnelle, peu fortunée, peu commerçante, pas du tout industrielle, et aussi d'une situation spéciale que je signale plus loin.

Le 29 mars 1889, une convocation très bien rédigée [1] est envoyée dans tout l'arrondissement ; on y joint les statuts [2] confectionnés par la municipalité, et le bureau est fondé.

Des affiches sont apposées, des circulaires envoyées en abondance, des insertions faites dans plusieurs journaux.

Tout cela était très bien, mais en même temps une idée originale surgit dans je ne sais quel cerveau ; il est décidé de n'inscrire que les offres et demandes de l'arrondissement et des arrondissements n'ayant pas de bureaux municipaux.

Cette idée, certainement, émise dans un but de bonne confraternité vis-à-vis des mairies visées, est absolument fausse. Je la combattrai dans mon troisième chapitre.

Aussi les résultats du bureau sont-ils très maigres, 165 personnes placées en près de six mois, pas une par jour.

6e Arrondissement (Mairie du Luxembourg).

Voilà le côté difficile de ma mission ; vous êtes, mon cher et honoré Maire, le président de la Commission administrative, j'en suis le vice-président !

Comment parler du bureau, dois-je trouver tout bien ? les

[1] Annexe 4.
[2] Annexe 5.

esprits chagrins diront : « Parbleu ! ce n'est pas étonnant, il n'ira pas se critiquer lui-même ! » Dois-je en signaler les imperfections ? c'est mon devoir d'historiographe, vous connaissez le burin de l'histoire, son impartialité si connue !...

S'il y a des imperfections aux yeux des autres (car moi je ne les vois pas), c'est le fait des précédents. Quand vous avez, Monsieur le Maire, fondé notre bureau, vous vous êtes entouré de tous les documents existants et vous les avez adaptés aux besoins de votre arrondissement. Je sais combien vous êtes soucieux du présent et de la réussite pour l'avenir.

Vous réussirez, et, aidé par vous, nous établirons le modèle-type du bureau municipal de placement gratuit.

Le 14 décembre 1888, sur un appel pressant adressé par la municipalité à tous les habitants de l'arrondissement, une assemblée générale eut lieu, dans laquelle l'idée du bureau de placement fut développée et acceptée; ses statuts [1] discutés et adoptés, enfin, une commission administrative élue.

Immédiatement après, des affiches [2] furent placardées et des circulaires [3], faisant un appel chaleureux aux offres et demandes, distribuées à profusion. Aussitôt la création du bureau, il a été installé, pour répondre au public, pour inscrire les offres et les demandes, un homme d'une complaisance rare, d'une compétence indiscutable : je dois nommer M. Tesson.

Avec lui, la vice-présidence est devenue une sinécure, et les membres du Conseil d'administration, dans leurs visites souvent renouvelées, ne trouvent aucune observation à formuler contre les opérations du bureau; tout va bien, tout se passe régulièrement.

Voici les résultats du 7 janvier au 17 septembre 1889 :

Demandes d'emplois	3,366
Offres	924
Placements	749

Le placement des femmes entre pour les deux tiers environ dans le chiffre indiqué.

Le bureau prend les offres et demandes de tout Paris.

[1] Annexe 6.
[2] Annexe 7.
[3] Annexe 8.

14ᵉ Arrondissement (Mairie de l'Observatoire).

Le Bureau, dans cet Arrondissement, est des plus récents ;
son ouverture date du 15 mai 1889.

Il est municipal ; pas de société ; mais un Conseil d'Administration dont la composition est fixée par les statuts[1]. Un règlement ajouté aux statuts indique la direction et le service du
bureau de placement.

Un affichage a été fait régulièrement, tous les mois, pendant trois mois, pour faire connaître le bureau et pour engager tous les habitants de l'arrondissement à le prendre comme
intermédiaire dans les offres et demandes d'emplois.

Il n'a pas été envoyé de circulaire à domicile.

Cet arrondissement, pour subvenir à ses premiers frais d'installation, a eu, comme ressource spéciale, une partie de la
somme affectée à la Caisse des Ecoles par la fête foraine dite
du « Lion de Belfort ».

Le Bureau inscrit les offres de tout Paris, mais, pour les
demandes, il n'accepte seulement que celles de l'arrondissement.

Le placement mensuel a été, depuis la création, d'environ
60 personnes par mois, soit 40 femmes et 20 hommes.

15ᵉ Arrondissement (Mairie de Vaugirard).

Le Bureau de cet Arrondissement date du 15 octobre 1888.
Comme dans le 14ᵉ il est municipal, n'a pas de société, et tire
ses ressources d'une fête foraine, celle du « Boulevard de Vau-
girard ».

Un Conseil d'Administration, nommé tous les ans, fonctionne d'après un extrait des statuts que je reproduis :

« *Extrait des principaux statuts :*

« Le Maire et les Adjoints sont Présidents de droit du Bureau
« de placement.

[1] Annexe 9.

« La Commission est choisie parmi les Administrateurs et
« Commissaires du Bureau de Bienfaisance, dans une assem-
« blée générale tenue au commencement de chaque année. —
« Les notables commerçants et industriels de l'Arrondissement
« peuvent également en faire partie.

« Elle nomme son Vice-Président, son Secrétaire et son
« Trésorier.

« Elle surveille le service du Bureau et provoque les offres
« de travail par tous les moyens en son pouvoir. »

La propagande se fait par affiches souvent renouvelées et
par les membres du Bureau auprès des commerçants du
quartier.

Tout cela ne m'a pas semblé très sérieux; les résultats le
prouvent surabondamment.

Placement mensuel : 10 hommes, 30 femmes.

Cet arrondissement a en main tout ce qu'il faut pour faire
mieux, il le fera !...

18ᵉ Arrondissement (Mairie de la Butte-Montmartre).

Voilà un Arrondissement intelligent entre tous, et qui étudie
tous les jours les moyens de vaincre les difficultés.

Le Bureau, créé le 15 juillet 1887, est tenu sérieusement.

Il n'a, à mes yeux, qu'un défaut, c'est d'être l'œuvre exclusive (voir les statuts [1]) du Bureau de Bienfaisance.

Mais, c'est là une opinion personnelle et toute de prévoyance;
peut-être même cette manière de pratiquer est-elle nécessaire
pour cet arrondissement.

Depuis la création du Bureau, les inscriptions pour demandes
d'emplois se sont élevées à 8,621 ; d'autre part les placements
ont atteint, pour les hommes, le chiffre de 793, et pour les
femmes, de 1,086, en tout 1879, soit environ 72 par mois ;
c'est un assez joli résultat, et il établit par la moyenne de
5 francs par placement (chiffre minimum) une somme de
9,825 francs, restée dans la poche de la classe laborieuse, plus
intéressante pour moi que les placeurs.

[1] Annexe 10.

Les inscriptions pour les offres et demandes d'emplois sont acceptées pour Paris, sa banlieue et la province.

La propagande de ce Bureau s'est faite par affiches, par circulaires, et par les journaux, mais une des plus heureuses a été celle faite au moyen d'écriteaux sur feuilles de tôle vernie, placées chez les épiciers, bouchers et commerçants au détail de l'arrondissement, et contenant une inscription spéciale [1].

Une bonne note à ce bureau !

[1] Annexe 11.

CELLES AYANT DES BUREAUX PRIVÉS.

3ᵉ Arrondissement (Mairie du Temple).

Une Société philanthropique s'est fondée dans le 3ᵉ Arrondissement, le 3 octobre 1888, sous la dénomination de : Bureau Municipal de Placement gratuit.

Les Statuts[1] adoptés en Assemblée Générale le 13 octobre, même année, furent approuvés par M. le Préfet de Police le 24 novembre suivant.

Des affiches posées immédiatement, des tableaux d'une assez grande dimension placés sur la Mairie et rue Saint-Martin[2], donnèrent connaissance au public du Bureau.

L'écriteau de la rue Saint-Martin placé dans un endroit où la circulation est très active produisit de suite un excellent résultat de propagande.

Les Statuts furent envoyés à tous les patrons et commerçants pour obtenir des adhésions et des membres sociétaires.

Mais comme il arrive presque toujours pour les Statuts, après un laborieux enfantement on s'aperçut de leur défectuosité et l'on s'empressa de ne pas les suivre.

Le titre premier, art. 3, formulait de ne placer que les habitants du 3ᵉ Arrondissement, et à ce sujet, l'honorable maire, M. Charles Tantet, prononçait les paroles suivantes dans son discours sur la création du Bureau :

[1] Annexe 12.
[2] Annexe 13.

« D'après les Statuts dont la lecture va vous être donnée,
« vous verrez que nous ne nous occupons que des personnes
« habitant l'arrondissement et sur lesquelles nous aurons pu
« obtenir des renseignements précis, quant à leur moralité et
« à leurs aptitudes ».

Ces intentions administratives ont-elles duré huit jours,
quinze jours? Je ne sais. Mais je crois bien qu'il fut décidé, dès
l'ouverture, d'accepter les offres et demandes de Paris, sa
banlieue et les départements.

Le règlement indiquait aussi les heures d'ouverture, de sept
heures et demie à neuf heures et demie du soir, l'on décida
de tenir le bureau ouvert de dix heures du matin à cinq
heures du soir, sauf fermeture de midi à une heure.

Je ne parlerai pas des autres petites contrariétés apportées
aux Statuts, cela n'entrant pas dans mon cadre, mais je dirai
seulement pour mémoire, qu'il est bien inutile de se donner
tant de mal, de déranger un honnête Préfet de Police, quand
une Société pourrait se diriger et fonctionner sans des Statuts
aussi officiels.

Le bureau a une clientèle particulière due à sa situation dans
un centre industriel, j'emprunte encore à ce sujet un passage
du discours de M. Charles Tantet...

« Aussi, nous espérons que notre œuvre philanthropique
« rendra d'importants services à notre 3e arrondissement.

« En effet, n'est-il pas l'un des plus importants de Paris,
« sous le rapport de son industrie et de son commerce ?

« C'est autour de cette Mairie que se transforment l'or, l'ar-
« gent, le bronze, le marbre, le bois et en un mot toutes les
« matières premières pour produire ces quantités innom-
« brables d'articles de luxe, d'utilité et de fantaisie, si répan-
« dus et si appréciés dans le monde entier.

« En nous occupant de trouver aux chefs de maisons des
« ouvriers et des employés capables et recommandables, sous
« tous les rapports, j'ai la ferme conviction que nous saurons
« conserver au milieu de nous toutes ces industries qui nous
« sont tant enviées par les pays étrangers. »

Les résultats sont très beaux et je souhaite sincèrement qu'ils
se continuent.

Du 15 novembre 1888 au 30 septembre 1889 (10 mois 1/2).
Offres de MM. les Patrons, 3,185.

Demandes d'emplois de toutes sortes de tous les arrondissements, hommes et femmes, 3,571.

Placements, 2,276 personnes.

Je ne puis résister, devant ces chiffres, à l'envie de publier
le document (tableau [1]) qui m'a été communiqué.

Le bureau est constamment visité et surveillé par les Membres
du Conseil d'Administration dont la présence est constatée par
leur signature sur un livre spécial.

11° Arrondissement (Mairie de Popincourt.)

Dans la Mairie du 11° Arrondissement est installée, depuis le
25 juin 1871, *la Société du Travail*, « ayant pour but de procurer
du travail à ceux qui en cherchent. »

Cette Société n'a de municipal que son installation dans un
local de la Mairie ; elle se trouve de ce fait en dehors de mon
cadre, en l'indiquant je remplis un devoir de reconnaissance
publique pour les services rendus par elle « pour son intervention absolument désintéressée et gratuite offerte à tous sans
distinction, n'imposant qu'une seule condition : la justification
de l'honorabilité. »

Toute propagande a cessé depuis longtemps, cette Société
étant suffisamment connue.

La Société du Travail a placé, à la date du 30 avril 1889,
quinze mille quatre-vingts personnes, sans compter les placements faits pour des personnes ayant négligé de donner avis
de leur entrée en place.

Le placement mensuel actuel, hommes et femmes, est d'environ 75.

Le bureau est ouvert de 9 heures à midi et de 2 heures à
4 heures.

La Société du Travail ne verrait pas sans un certain sentiment d'inquiétude et de jalousie l'établissement de Bureaux

[1] Annexe 14.

municipaux dans tous les arrondissements; elle comprend que sa clientèle diminuerait étant sollicitée ailleurs.

Aussi prédit-elle à tout ce qui est municipal une non-réussite complète ; elle comprend seulement l'intervention privée, et voudrait voir cette dernière s'entendre pour l'établissement dans Paris de quatre Sociétés au plus dans le genre de la sienne et sur des points opposés ne pouvant se faire concurrence.

III

CELLES N'AYANT PAS DE BUREAUX

2ᵉ Arrondissement (Mairie de la Banque).

Dans le 2ᵉ Arrondissement il sera établi un Bureau, mais sans aucune conviction, et simplement pour répondre aux sollicitations de la Préfecture de la Seine ; on trouve la clientèle des domestiques des deux sexes peu intéressante, et l'on ne croit pas à celle des ouvriers et employés.

Cet arrondissement est riche, très commerçant. L'on n'aura pas besoin de subventions pour commencer, il sera fait un simple appel à la bonne volonté de tous, et les exemples précédents le prouvant, il sera récolté de 1,000 à 1,200 francs, somme suffisante pour une première installation.

Pour continuer, l'on comptera sur une subvention ferme et annuelle du Conseil municipal.

L'intention formelle de la municipalité du deuxième est de ne pas constituer de Société ni de Commission administrative, elle désire diriger entièrement le Bureau à sa guise, et en avoir la responsabilité entière.

Enfin, le Bureau sera installé aussitôt l'aménagement d'une maison contiguë à la Mairie et dont l'acquisition vient d'être faite pour l'extension des services.

7ᵉ Arrondissement (Mairie du Palais-Bourbon).

Au 7ᵉ Arrondissement, on ne voit pas la nécessité d'un Bureau sous aucune forme ; les fortes industries trouvent facilement des ouvriers. Il y en a peu de petites, les grosses maisons bourgeoises et les hôtels ne viendraient pas à la Mairie.

On ne fera donc rien.

8ᵉ Arrondissement (Mairie de l'Élysée).

Le 8ᵉ Arrondissement n'a pas, à proprement parler, d'industrie ; il est surtout composé de grands hôtels et de maisons bourgeoises dont le personnel se recrute facilement dans deux entreprises offrant toutes garanties d'honorabilité et de moralité, la Société de Secours mutuels des Gens de Maison (41ᵉ année), et le Syndicat des Gens de Maison.

Il est pris, de temps à autre, officieusement note de certaines offres et demandes sur un livre spécial ; ce livre est soumis aux administrateurs du Bureau de Bienfaisance qui cherchent à donner satisfaction dans leurs relations personnelles.

Dans cet arrondissement, comme dans certains autres, on répugnerait à placer des bonnes et domestiques ; il semble que cette classe n'en vaut pas la peine, et l'on a paru très surpris d'apprendre, d'après ma réponse à une question posée, que le 6ᵉ Arrondissement n'exigeait pas le casier judiciaire de chaque postulant à une place quelconque.

9ᵉ Arrondissement (Mairie de l'Opéra).

Au 9ᵉ Arrondissement, rien n'existe et il ne sera rien établi.

Il a été question de la création d'un Bureau, mais, à l'unanimité, la Municipalité a repoussé toute création de ce genre.

10ᵉ Arrondissement (Mairie Saint-Laurent).

Dans le 10ᵉ Arrondissement, il a été souvent question de l'établissement d'un Bureau, et la Municipalité serait très favorable à l'idée de cette création ; mais le manque absolu d'emplacement a dû faire renoncer à tout projet de ce genre.

La question sera pourtant posée de nouveau sous peu, et sans doute résolue d'une façon affirmative.

12ᵉ Arrondissement (Mairie de Reuilly).

Dans un rapport adressé à Monsieur le Préfet de la Seine, la

Municipalité du 12ᵉ Arrondissement répondait qu'elle n'avait pas d'emplacement dans la Mairie, ni de fonds spéciaux pour l'installation d'un bureau, aussi n'en établira-t-elle pas.

De plus, elle ne voyait pas la nécessité d'une création de ce genre, l'arrondissement n'étant composé que de gros industriels ou d'employés de commerce.

Je crois, pour ma part, qu'il entre beaucoup dans l'esprit de la Municipalité une peur horrible de la foule et des gens malpropres.

Ce n'est pas une Mairie, c'est un palais des Contes de fées ; on n'ose pas marcher, on a peur de salir, les murs brillent comme du sucre candi, quand les enfants entrent dans ce monument ils doivent avoir envie d'en lécher les murs.

Les escaliers sont barrés par de magnifiques câbles de velours, je n'ai même pas osé en soulever un : j'ai passé dessous.

Il règne dans les couloirs un silence majestueux, imposant, cela rappelle le château de la *Belle au bois dormant !*

13ᵉ Arrondissement (Mairie des Gobelins).

Le 13ᵉ Arrondissement, sous le prétexte qu'il manque de local, n'a pas de bureau, mais je doute que les nouvelles constructions en exécution lui fournissent l'emplacement nécessaire pour en installer un.

L'Arrondissement habité par de gros industriels, chez lesquels se présentent plus d'ouvriers qu'il n'en est besoin, est en outre composé de petits commerçants travaillant par eux-mêmes.

Le bureau ne rendrait donc aucun service !

Il existe là aussi une répugnance invincible à placer des domestiques ; les bureaux de placement ordinaires doivent suffire, dit-on, à cette besogne !

La Municipalité actuelle, à mon avis, ne fondera jamais de bureau de placement.

16ᵉ Arrondissement (Mairie de Passy).

Sollicitée par la Préfecture de la Seine, la Mairie du 16ᵉ Arrondissement a réuni les Membres du Bureau de Bienfaisance qui, après délibération, ont décidé qu'il n'y avait pas lieu à la formation d'un bureau de placement gratuit, qu'il n'y aurait pas d'offres ni de demandes de la classe *d'employés*, qu'il ne se présenterait que des offres et des demandes de *domestiques* des deux sexes, qu'il y avait là une responsabilité morale à laquelle il n'était pas convenable de s'assujettir ; que, du reste, aucun membre de Bureau de Bienfaisance n'accepterait de faire partie du Bureau de placement.

Dans ces conditions il n'a pu être donné aucune suite au projet qui reste abandonné.

17e Arrondissement (Mairie de Batignolles-Monceaux).

Sur l'invitation du Conseil Municipal, le dix-septième arrondissement s'occupe de la constitution d'un bureau de placement gratuit.

Mais la Municipalité est arrêtée par le manque de fonds ; elle voudrait une subvention immédiate et préventive de la Ville ; elle ne croit pas à la réussite d'un bureau municipal avec membres fondateurs et honoraires, à cause de la multiplicité d'œuvres de toutes natures existant déjà dans l'Arrondissement.

Malgré cela, un projet existe et doit être mis en exécution cet hiver.

La Municipalité du dix-septième est convaincue que le bureau de placement gratuit rendrait de grands services dans l'Arrondissement.

19e Arrondissement (Mairie des Buttes-Chaumont).

Le 19e Arrondissement ne voit pas la nécessité d'un bureau, attendu que, d'une part, l'Arrondissement est surtout composé de grandes usines, de grandes industries, dont les ouvriers se recrutent, quand il en manque, par voie d'embauchage ; et, d'autre part, pour les employés et domestiques, il n'est pas de nécessité de s'en occuper, les bureaux de placement ordinaires suffisant amplement.

20ᵉ Arrondissement (Mairie de Ménilmontant).

Le 20ᵉ Arrondissement est le dernier dont j'ai à vous entretenir : M. le Maire voudrait bien établir un bureau, la place ne lui manquant pas, mais les fonds, ces diables de fonds, sont absents !

Cet Arrondissement est très pauvre, il ne faut pas compter sur des membres honoraires, encore moins sur des fondateurs.

De plus, les demandes de placement ne manqueraient pas ; il est même à supposer fortement qu'il n'y aurait que celles-là ; pour les offres, il n'y faut pas compter.

Municipalité pleine de bonne volonté, mais dont l'Arrondissement est placé dans une situation montagneuse, et que le cimetière du Père-Lachaise isole presque entièrement de Paris.

CHAPITRE SECOND

―――

LES BUREAUX

I

Local - Agencement.

Le bon choix, la complète installation d'un local, sont des conditions nécessaires pour la réussite d'un bureau municipal de placement.

Or, c'est justement ce qui dans la pratique ne se fait pas ; l'on décide à la hâte la création d'un bureau et plus à la hâte encore on le case dans une pièce quelconque de la mairie. Cette pièce est toujours un endroit qui sert à de nombreuses réunions dans la journée et manque généralement du confort indispensable.

Comme nous sommes loin des conditions exigées par l'art. 3 de l'ordonnance du 5 octobre 1852 : « ce local (dit-elle parlant « du bureau) devra présenter toutes les conditions nécessaires « dans l'intérêt de l'hygiène, de l'ordre et de la sûreté. »

Il doit toujours y avoir une entrée spéciale pour les personnes apportant des offres d'emplois.

Dans la plupart des mairies, les postulants, hommes, femmes et enfants, doivent attendre debout dans un couloir, dans un vestibule, leur tour d'entrée.

Ce n'est pas suffisant. Il faut deux pièces, l'une d'attente, très éclairée, chauffée l'hiver et garnie de banquettes ; l'autre où se tient l'employé chargé de répondre à sa clientèle. Cette dernière pièce doit être pourvue d'une banquette et de plusieurs chaises destinées aux patrons qui désirent choisir eux-mêmes parmi les demandeurs. Elle ne doit pas être encombrée. La tâche de l'employé est des plus délicates, il doit provoquer par une enquête verbale les confidences sur le passé des employés et des domestiques, afin de se renseigner sur les aptitudes de chacun et de pouvoir comparer ces aptitudes avec les conditions imposées par les patrons. Ceux-ci doivent aussi pouvoir donner toutes explications sur les offres d'emplois qu'ils apportent, en dehors de la présence des demandeurs.

Si l'employé est intelligent et dévoué à l'œuvre entreprise, il devient un consolateur pour des infortunes quelquefois imméritées et peut relever le moral des découragés.

L'employé ne doit recevoir aucune visite en dehors des postulants, des patrons et des administrateurs du bureau. Il ne doit pas tolérer que son bureau devienne un rendez-vous de bavardages inutiles et inconvenants dans une mairie.

Le bureau municipal de placement doit être une œuvre sérieuse et morale.

L'agencement ne demande rien de spécial à part l'installation des casiers à fiches qui doivent être légers et portatifs et conservés dans une armoire fermant à clef. La salle d'attente et le bureau de l'employé doivent être en communication immédiate, mais les demandeurs ne devront pas retourner dans la salle d'attente, qu'ils soient pourvus ou non, à moins que le service ne fonctionne toute la journée.

Une boîte doit être installée à l'entrée de la mairie ; elle reçoit les offres d'emplois que les patrons apportent en dehors des heures d'ouverture du bureau, les réponses des patrons et des employés et toutes les communications autres que les demandes d'emplois, lesquelles doivent *toujours* être produites verbalement. Un pupitre avec encrier et porte-plume est installé aussi près que possible de cette boîte et sert aux personnes qui apportent des emplois non libellés d'avance.

II

Matériel.

Sous ce titre nous comprenons :

1° Les imprimés ;
2° Les objets nécessaires au fonctionnement.

I. *Imprimés.* — Les imprimés varient suivant les convenances et les exigences du service et des localités ; pourtant, ils ont un lien commun invariable qui se retrouve dans tous les modèles adoptés par les divers arrondissements. Les premières impressions que fait un bureau en formation sont celles des affiches et des statuts. Des spécimens de ces imprimés sont joints au premier chapitre de cet ouvrage. Viennent ensuite les imprimés de pure administration : le livre à souche à l'usage du trésorier (annexe 1) pour la rentrée des cotisations et les reçus à délivrer aux donateurs ; les prospectus et feuilles à répandre parmi les patrons à titre de propagande, les bulletins d'adhésion (annexe 2).

Les imprimés du service pratique sont énumérés, dans leur ordre chronologique, de la manière suivante :

L'offre d'emploi se produit : 1° par correspondance ; 2° par communication verbale ; 3° spontanément en dehors des heures de vacation du bureau. Dans les deux derniers cas, les conditions de l'offre sont exposées sur l'imprimé spécial (annexe n° 3). En prévision des offres qui se produisent spontanément, il y doit y avoir toujours un certain nombre de ces imprimés, fixés près de la boîte placée à l'entrée de la mairie et que les patrons détachent pour y inscrire l'emploi vacant. L'offre est immédiatement portée sur le livre d'offres d'emplois (annexe 4).

Passons maintenant à la filiation de la demande d'emploi. Le postulant se présente au bureau, sa demande est enregistrée au livre des demandes (annexe n° 5), elle est reproduite sur la fiche individuelle (annexe n° 6). Cette fiche est destinée à relater tous les renseignements que l'on peut obtenir du postulant. Un répertoire constitué par ces fiches, rigoureusement tenu au courant et classé au jour le jour, constitue la base du service. L'on peut adopter différentes méthodes pour opérer ce classement. Les fiches peuvent être classées uniformément, par ordre alphabétique, par ordre de date, ou par professions.

La pratique journalière nous permet de recommander le procédé suivant : diviser les fiches en cinq catégories principales :

> Hommes.
> Femmes.
> Ménages.
> Jeunes gens.
> Jeunes filles.

Les catégories, hommes et femmes, se subdivisent elles-mêmes suivant une nomenclature de professions qui peut varier suivant les localités ; celle qui a été adoptée au VIe arrondissement paraît bonne et a répondu jusqu'ici aux exigences du service.

Les demandes des hommes sont réparties entre les :

> Journaliers.
> Garçons de magasins.
> Employés aux écritures et comptables.
> Gens de maison.
> Professions diverses.
> Garçons de bureau et de recette.
> Gardiens, surveillants.
> Hommes de confiance.
> Garçons marchands de vins.
> Employés de commerce.
> Cochers livreurs.

Celles des femmes :

> Bonnes à tout faire.
> Cuisinières.
> Femmes de chambre.
> Femmes de ménage.
> Concierges.

Couturières.

Dames de compagnie.

Bonnes d'enfants et nourrices sèches.

Femmes de confiance.

Employées de commerce.

Gardes-malades.

Caissières.

Les ménages demandent des places de concierges ou de domestiques, leur nombre est ordinairement restreint; la subdivision est inutile.

Les jeunes gens et jeunes filles qui demandent de l'occupation sont en général incertains sur le choix de la profession, il n'est pas nécessaire de subdiviser leurs fiches.

Lorsque la nomenclature est arrêtée, il reste encore à décider de quelle façon les fiches de chaque catégorie seront classées. Nous conseillerons de classer par ordre alphabétique, sauf pour les professions qui forment la clientèle la plus demandée dans chaque bureau. Il importe, en effet, d'avoir à portée de la main les personnes dernières venues, qui sont vraisemblablement les plus disponibles et sur lesquelles on pourra le plus sûrement compter pour occuper promptement les places offertes. Les fiches de ces professions pourront être classées par ordre de date, à la condition de faire revenir en tête celles des postulants qui inscrits depuis longtemps se présentent de nouveau et renouvellent leur demande.

Pour satisfaire l'offre d'emploi, l'on adresse les postulants aux patrons au moyen de lettres qui peuvent être de deux formules différentes, l'une sous forme d'avis au patron (annexes 7 et 8), l'autre comme invitation à se présenter pour une place vacante (annexe 9). Cette dernière est plus pratique, car elle peut être remise immédiatement aux personnes que l'on va placer et elle convient tout à fait pour les cas nombreux où l'on envoie l'avis d'un emploi par correspondance.

Puis comme complément des imprimés : du papier à entête, des enveloppes si l'on veut et des lettres de convocation des administrateurs pour les séances de la commission administrative.

11. *Objets nécessaires au fonctionnement.*—Un timbre au nom

du bureau est indispensable. L'on peut utilement se servir d'un biblorapte ou tout autre système classeur pour conserver les lettres d'offres des patrons.

L'on devra se munir de boîtes légères et de petite dimension pour contenir les fiches des postulants. Ces boîtes doivent toujours être renfermées de façon à ce que les renseignements qu'elles contiennent soient à l'abri de toute indiscrétion.

III

Personnel.

A moins d'établir une organisation administrative compliquée, dispendieuse et généralement inutile, un seul employé doit être attaché au bureau de placement; l'extension progressive du service fera varier les heures de vacation, mais une seule et même personne doit centraliser les offres de placecement et y pourvoir. Un fait pratique démontre cette vérité : les offres d'emplois faites par correspondance échouent souvent, tandis qu'elles sont toujours suivies de placement lorsque le patron vient au bureau s'expliquer verbalement.

Si l'on veut obtenir des résultats avec un bureau municipal de placement, l'on doit apporter le plus grand discernement dans le choix de l'employé qui en est chargé. En effet, la plus grande initiative devant être laissée à cet employé, il importe qu'il réunisse certaines qualités le mettant à l'abri des tentations de toutes sortes qui ne manqueront pas dans l'accomplissement de sa mission. Bien que les bureaux municipaux aient été créés pour épargner aux travailleurs des retenues sur leurs salaires, l'on trouve encore fréquemment des personnes qui offrent de l'argent pour se faire caser plus vite ; d'autres que l'on vient de placer proposent une récompense ; il n'est pas jusqu'à la petite bonne qui ne demande si « monsieur accepte un petit pourboire ». Des tentations d'un autre ordre peuvent être suscitées par les minois plus ou moins chiffonnés de jeunes personnes poussées à toutes les extrémités par le désœuvrement du chômage.

Ce sont ces diverses considérations qu'énumérait le préfet de police Piétri dans son *Instruction aux commissaires de police de Paris* (8 octobre 1852), concernant les bureaux de placement et qui l'amenaient à conclure en faveur des bureaux privés. Heureusement, les mœurs administratives de cette époque ont disparu avec les hommes et l'administration actuelle peut sans peine trouver dans son personnel des employés à l'abri des tentations dont il a été question.

Dans sa tâche, l'employé du bureau de placement doit faire en petit l'office de juge d'instruction, interroger, mais s'abstenir de critiquer; se faire une opinion, basée sur des faits, de la personne qui cherche un emploi. Cette inquisition sur le passé est inutile pour les ouvriers, mais elle est nécessaire pour les employés et indispensable pour les domestiques. Nous verrons dans le troisième chapitre de cet ouvrage quelles difficultés l'on éprouve souvent à reconstituer exactement le passé, d'une bonne, par exemple, qui étant destinée à pénétrer dans l'intérieur d'une famille, à être en contact permanent avec les enfants, doit présenter certaines garanties de mœurs et d'honorabilité.

Un garçon de bureau est aussi attaché au service. Ses occupations consistent à entretenir les locaux et à porter la correspondance.

Enfin, il est bon d'avoir à sa disposition un gardien de la paix qui se tient extérieurement afin d'empêcher les conciliabules de toutes sortes qui sans lui seraient permanents à la porte du bureau et apporteraient le trouble dans la mairie. La seule présence de ce gardien empêche toute rixe et assure la discipline parmi les postulants qui, surtout à l'heure de l'ouverture du bureau sont très nombreux.

CHAPITRE TROISIÈME

LES
BUREAUX MUNICIPAUX DE PLACEMENT

I

Conditions de l'offre et de la demande.

Il y a une grande importance économique à rapprocher rapidement l'offre et la demande ; ce rapprochement doit se faire de façon à assurer l'exécution du travail au moment où il se présente et à éviter des intermittences dans le produit des salaires. En d'autres termes, les employeurs doivent pouvoir facilement se procurer le personnel dont ils ont besoin en même temps que celui-ci doit être aidé dans sa recherche d'occupation. Les intermédiaires sont donc indispensables. Il s'agit ici de déterminer ce que doivent être ces intermédiaires.

En principe, les ouvriers de profession manuelle se passent du bureau de placement. Ils connaissent les maisons qui peuvent les employer, savent en quel endroit ils doivent se présenter pour se faire embaucher. De plus, les diverses industries de la capitale se sont cantonnées, chacune, dans un quartier spécial, et les emplois vacants sont connus d'une grande partie des ouvriers d'une même profession, qui renseignent promptement leurs camarades en chômage.

Il est exceptionnellement rare de voir ces ouvriers se présenter dans les bureaux ; ils n'y viennent qu'au moment de chômages, périodiques dans certains métiers, ou lorsque pour un motif tout personnel ils doivent quitter leur profession habituelle. Nous indiquerons plus loin dans quelles conditions les bureaux municipaux pourraient leur rendre service et leur servir d'intermédiaire efficace.

Nous ne nous occuperons pour le moment que des personnes qui, pour des raisons diverses, ne peuvent se passer du bureau de placement. Ces personnes sont nombreuses et recherchent en général un travail n'exigeant pas de connaissances difficiles ni longues à acquérir ; tels sont : les employés aux écritures, les garçons de magasins, les gens de maison, les garçons de salle, etc. Les patrons qui peuvent les occuper sont extrêmement nombreux et sont répandus sur toute l'étendue de la capitale ; l'on comprend quels services peuvent rendre des institutions centralisant les vacances de ces emplois divers et en donnant connaissance aux personnes inoccupées.

Avant 1852, l'industrie du placeur était libre ; de nombreux abus nécessitèrent l'intervention de l'autorité administrative, qui, rejetant les dispositions libérales du décret du 8 mars 1848 [1] créa une jurisprudence nouvelle qui régit encore actuellement la matière et sur laquelle nous aurons à revenir.

[1] V. page 66.

II

Opinions diverses sur les procédés d'embauche.

1° *L'administration*. — Nous reproduisons plus loin [1] *in-extenso* une circulaire, extrêmement intéressante, du Préfet de Police Piétri aux Commissaires de Police, relativement à l'exécution de la législation de 1852. Conçue à une époque rapprochée du coup d'Etat, elle contient des protestations de dévouement à l'égard des classes laborieuses que l'on cherchait à s'attacher alors, mais elle pèche par bien des points principaux, surtout en ce qui concerne la formation des agences de placement. Le gouvernement, tout en repoussant le monopole légal, comme intermédiaire entre l'offre et la demande, écarte par principe l'intervention de l'administration entre les patrons et les employés, la déclarant incapable de produire des résultats utiles et soupçonnant son personnel « *de cupidité, de caprice, ou tout au mois d'arbitraire.* »

Ce jugement est sévère pour les mœurs administratives de l'époque et l'on peut véritablement se demander où l'on recrutait le personnel auquel l'on préférait, comme offrant plus de garanties morales, les propriétaires de bureaux de placement, mis pourtant sous le contrôle immédiat de la police, à laquelle on ne confie pas d'habitude la surveillance des industries les plus réputées.

L'explication de la faveur accordée à l'industrie privée se trouve dans la partie de la circulaire relative aux : *Ecritures et tenue intérieure des bureaux*. L'on y remarque le passage suivant : « Aucun placement ne pourra avoir lieu par « l'entremise des bureaux, sans une inscription préalable. « C'est là une simple mesure d'ordre, dont l'utilité est facile à « saisir. » Pour traduire exactement la pensée du Préfet de Police Piétri l'on aurait dû écrire : « C'est là une mesure de « *police* dont l'utilité pour le gouvernement est facile à saisir, »

[1] V. page 74.

car immédiatement après cette phrase il est question du livret d'ouvrier, dont on n'ose pas encore décréter, même incidemment, l'obligation.

De cette circulaire si instructive, dans laquelle l'administration avoue son impuissance à réprimer les escroqueries nombreuses commises par les bureaux de placement, il ne faut retenir qu'une chose, c'est la nécessité dans laquelle le gouvernement d'alors se trouvait, en vue d'un attentat prochain, d'avoir sous la dépendance exclusive de la Préfecture de Police des institutions en rapports quotidiens avec la classe ouvrière.

Aussi, ne devons-nous considérer ces instructions que comme une opinion personnelle de l'époque où elles ont été produites et voyons-nous, aujourd'hui, l'administration, après avoir eu pendant quelque temps une certaine méfiance contre l'institution de bureaux municipaux, reconnaître en présence des résultats obtenus que la question du placement entre dans une nouvelle phase et qu'elle ne doit pas rester indifférente. Il est certain que, lorsque certaines municipalités de Paris auront compris la haute portée de la création de bureaux de placement gratuits, lorsque des efforts pour la réussite de ces institutions auront été faits avec conviction, l'état précaire et provisoire actuel fera place à une organisation plus complète dont les bienfaits seront vivement ressentis par la population laborieuse.

2° *Les Syndicats Professionnels*. — Du côté des ouvriers, et il faut bien reconnaître qu'ils ont quelque intérêt à s'en préoccuper, la question des intermédiaires entre l'offre et la demande a été résolue dans un sens radicalement opposé à celui de l'administration. Les officines privées rappellent à beaucoup des souvenirs pénibles, des moments critiques où acculés par les nécessités de l'existence, ils ont donné leur dernière pièce pour acheter l'espoir d'un emploi qui n'est jamais venu, à d'autres qui n'ayant rien ont été systématiquement repoussés et à ceux, trop nombreux, qui ont été froidement escroqués et dépouillés par les brebis galeuses du troupeau.

Pour donner une forme pratique à l'embauche, différents économistes ont étudié la création de *Chambres de travail et Bourses du Travail*.

Ce qui suit, extrait de la *Bourse du Travail à Liège* [1] résume succinctement les divers projets qui ont précédé l'organisation de la Bourse du Travail à Paris :

L'idée d'organiser des Bourses du Travail est née de la nécessité constatée d'équilibrer, dans la mesure du possible, la balance entre l'offre et la demande de travail ; de contribuer, par ce fait, au bien-être social, et de faciliter aux chefs d'industrie le recrutement du personnel qui leur est utile, tout en sauvegardant les intérêts des deux parties.

Le premier essai d'institution de cette nature date de 1846, il fut tenté par M. de Molinari. Toutefois le premier système d'organisation différait essentiellement de ceux qui furent proposés par la suite. Il consistait plutôt en une espèce de mercuriale du travail, à la confection de laquelle devaient coopérer les différents corps d'états de la ville de Paris, et dont le relevé devait être porté hebdomadairement à la connaissance du public, par la voie de la presse. M. de Molinari ouvrit le champ au mouvement en mettant à la disposition des corporations les colonnes du journal « *Le Courrier Français* » qu'il dirigeait à cette époque. Les corporations comprirent mal la proposition qui leur était faite et refusèrent d'en profiter. Ce refus fut basé sur ce que « les ouvriers parisiens craignaient qu'en révélant le taux de leurs salaires aux ouvriers de la province et de l'étranger on n'attirât sur Paris une concurrence plus vive et plus ardente » (rapport de M. Denis, professeur à l'école polytechnique de Bruxelles.)

Cet échec ne découragea point M. de Molinari ; aidé de son frère Eugène, il créa à Bruxelles le journal « *la Bourse du Travail* » et reprit sa tâche avec une nouvelle ardeur.

Pas plus qu'à Paris l'œuvre de M. de Molinari ne fut comprise à Bruxelles. Les mêmes objections furent reproduites par les ouvriers qui refusèrent leur concours, et ainsi forcèrent les premiers promoteurs du marché du travail à abandonner leur projet, après cinq mois de persévérance et d'efforts inouïs, pour mener leur résolution à bonne fin.

En 1856, M. Max Wirth reprit en Allemagne l'idée de M. de Molinari et tâcha de lui donner corps. L'économiste allemand ne réussit pas mieux que son prédécesseur, n'ayant pu, comme il le reconnaît dans son traité d'économie politique, parvenir à donner à son entreprise l'extension nécessaire pour lui faire atteindre complètement son but.

Les deux savants économistes tendaient à arriver à la solution de la question par des moyens à peu près identiques ; tous deux la cherchaient dans l'intervention du gouvernement et la publicité. La seule différence que l'on rencontre dans les deux manières de voir c'est que M. de Molinari semblait, comme le dit M. Denis dans le rapport cité, se contenter de locaux pour y établir la bourse du travail, tandis que M. Wirth se préoccupait surtout de la publicité, de la statistique par les journaux de l'État. « Seulement, dit encore le rapporteur, M. de Molinari, très réservé, trop défiant à l'égard de l'intervention administrative, s'est beaucoup plus préoccupé que M. Wirth, et avec raison, de la constitution d'organes intermédiaires entre l'administra-

___
[1] Imprimerie L. Foidart-Pirlet, Liège, 1889.

tion et la presse, d'une part, et les ouvriers individuellement, de l'autre. »

L'idée de la Bourse du Travail renferme en elle un caractère si utilitaire qu'on l'a vue, à Paris même, se représenter à différentes époques, malgré les déceptions qu'elle avait fait subir à celui qui le premier avait tenté de la mettre en pratique. En 1848, une institution de cette nature fut créée par un décret du gouvernement provisoire de la République française [1]. Ce décret daté des 8-10 mars ordonnait l'organisation, dans chaque mairie de Paris, d'un bureau de renseignements pour les offres et les demandes de travail. Il ne reçut malheureusement d'exécution que pendant un très court laps de temps.

En 1851, M. Ducoux, de Paris, greffa sur le projet primitif de M. de Molinari un autre projet, d'une organisation plus conforme à celle adoptée aujourd'hui notamment par la ville de Liège [2]. Soumis à l'Assemblée nationale, ce projet fut rejeté le 15 février 1851, sur les conclusions d'un rapport de M. Gouin. Le rejet ne fut nullement motivé sur l'inutilité de l'institution, mais sur le caractère essentiellement communal qu'on eût cru trouver en elle.

A part quelques organisations particulières pour certains métiers spéciaux, desquelles ne pouvaient tirer profit d'autres personnes que les membres des associations dont elles étaient l'émanation, on ne trouve plus nulle part de traces de *Bourse du Travail* proprement dite jusqu'en 1875, époque à laquelle la municipalité de Paris en reprit elle-même l'idée.

Toutefois, le principe admis le 24 février 1875, sur la proposition de M. Delattre, fut très long à produire ses effets.

En effet la question de la création de la Bourse du Travail de Paris [3] eut des commencements fort modestes qui peuvent être indiqués chronologiquement de la manière suivante :

Le 24 février 1875, le projet de vœu ci-après était déposé par M. Delattre, à la tribune du Conseil municipal :

Les soussignés demandent qu'il soit procédé à l'étude de l'établissement, à l'entrée de la rue de Flandre, d'une « Bourse du Travail » ou au moins d'un refuge, clos et couvert, afin d'abriter les nombreux groupes d'ouvriers qui se réunissent chaque matin pour l'embauchage des travaux du port et autres.

Ce projet de vœu est renvoyé à la cinquième commission ; le 8 décembre suivant, M. Jobbé Duval, au nom de cette commission, proposait au Conseil le renvoi à l'administration.

Le 6 novembre 1877, M. Delattre, en faisant observer que

---

[1] V. Page 66.
[2] V. Page 57.
[3] La question du placement ayant une très grande part dans cette institution il a semblé intéressant de reproduire les différentes phases qui ont précédé l'inauguration de la Bourse.

l'administration n'a encore présenté aucune solution, dépose un nouveau projet de délibération qui est renvoyé comme le précédent à la 5ᵉ commission ; il demande la création d' « un abri clos et couvert sur l'emplacement du jardin appartenant à la ville et situé quai de Seine, à côté de la rue de Flandre. »

Ce projet est renouvelé le 7 décembre 1877, augmenté d'une demande d'allocation de 100,000 francs et renvoyé comme le précédent à la 5ᵉ commission qui, de même, le fait transmettre à l'administration.

Enfin, le 18 juillet 1878, l'administration ayant proposé la construction, boulevard de la Chapelle, d'un abri permanent pour les ouvriers, ce projet est adopté malgré les conclusions du rapporteur de la 5ᵉ commission qui tendaient à demander de nouvelles études à la Direction des travaux de la ville. Cet abri permanent est celui qui existe encore aujourd'hui, couvert mais pas clos et dont l'utilité est assez contestable.

Ce semblant de satisfaction donné, la création de la Bourse du Travail retombe dans l'oubli jusqu'en 1883. L'attention du Conseil municipal est de nouveau sollicitée par des pétitions et par des réunions. Dans la séance du 19 novembre 1883, M. Manier communique au Conseil la décision suivante prise dans une réunion tenue le 16 du même mois à la salle Rivoli :

Considérant que la Bourse du Travail aura au moins pour effet :

1º de supprimer les places de grève ;

2º de faciliter le placement des Travailleurs ;

3º de supprimer les bureaux de placement ;

4º de centraliser l'offre et la demande, afin de mettre rapidement en rapport travailleurs et travaux ;

5º d'établir des rapports directs entre la chambre syndicale ou groupe corporatif, ainsi qu'entre tous les travailleurs en général, syndiqués ou non syndiqués ;

L'assemblée, après avoir entendu le développement du projet, invite le Conseil municipal à voter le dit projet dans son ensemble et dans la présente session.

Cette délibération est renvoyée à la Commission du travail.

Plusieurs fois pendant cette session, les propositions précédentes sont rappelées.

Jusqu'à cette époque, la préoccupation qui guide les intéressés est de parvenir à assurer l'embauchage d'une manière pratique et commode pour les ouvriers et d'arriver par l'action des syndicats et groupes corporatifs à la suppression des bureaux de placement ; nous voyons la question de la création de chambres de travail se poser d'une manière différente à partir de la proposition déposée par M. Mesureur à la séance du 25 juillet 1884. Il ne s'agit plus uniquement de l'embauchage, mais de la création d'une institution qui aurait à traiter surtout des questions économiques touchant la classe ouvrière et constituant toute une organisation de réformes sociales. Le passage suivant du rapport présenté par M. Mesureur au nom de la Commission du travail définit parfaitement la phase dans laquelle passe la Bourse du travail. « En restant sur le terrain « de la liberté des contrats, vous avez le droit, sinon le devoir « de fournir aux travailleurs les moyens de lutter à armes « égales et légales avec le capital ; sans la Bourse du travail, « l'existence des chambres syndicales sera toujours précaire, « les charges qu'elles imposent éloignant d'elles le plus grand « nombre des ouvriers. »

Nous ne suivrons pas davantage la voie dans laquelle entre la création de la Bourse du travail, à partir de ce moment, puisque la question du placement est seule en vue ici et nous nous contenterons de noter qu'inaugurée, à l'état d'annexe, le 3 février 1887, la Bourse put fonctionner régulièrement, lorsque, le 28 octobre suivant, le Conseil municipal eut adopté un rapport présenté par M. Champoudry au nom de la Commission du travail sur l'*organisation administrative de la Bourse du travail*.

Maintenant que deux années se sont écoulées depuis la création de la nouvelle institution, il est permis de juger ce qu'elle fait et ce qu'elle pourrait faire.

Comment et pourquoi la Bourse du travail a été demandée au Conseil municipal, nous l'avons établi en mentionnant : les pétitions des ouvriers qui réclamaient plus de commodités et plus de centralisation pour l'embauchage ; les protestations contre les exactions des bureaux de placement ; enfin, le désir exprimé par les ouvriers d'une même corporation de savoir où se rencontrer.

Or ces revendications que la classe ouvrière demandait si ardemment ont été accaparées par une école politique qui les a jointes à son programme afin de faire passer ses théories en même temps que les réformes bien mûries et acceptées d'avance par l'opinion publique. Qu'en est-il résulté? Les théories ont pris le pas à la Bourse du travail et les conditions de l'embauchage ne sont plus qu'une affaire subsidiaire qui souffre de son infériorité. En effet, quant à présent, du moins, les syndicats professionnels qui forment l'ensemble de la Bourse n'ont ni l'autorité ni la maturité qui puissent leur permettre de lutter contre le capital ; ils devraient se borner à faire du placement, mais comme ils se croient destinés à faire surtout de l'économie sociale, ils dévient chaque jour de leur but et véritablement si les errements continuent l'on peut concevoir quelque inquiétude sur l'avenir de l'institution.

Néanmoins, la suppression des bureaux de placement privés étant poursuivie activement par les syndicats de la Bourse du Travail, il est intéressant de savoir ce qui a été fait dans ce but. L'*Annuaire de la Bourse du Travail* (1887-1888) [1] contient les réponses données par les syndicats adhérents, de Paris, de la province et de l'étranger, à 34 questions statistiques intéressant la population ouvrière et posées par la commission administrative.

La 25ᵉ question est celle-ci : *De l'embauchage dans votre industrie. Comment se pratique-t-il ? Avez-vous un livret ? Que pensez-vous sur cela ?* 55 syndicats de Paris ont fait des réponses à peu près identiques qui sont ainsi résumées (page 272) :

« L'embauchage se fait de différentes façons. Dans beaucoup
« de corporations, il se fait dans les ateliers ou chez les pa-
« trons, ou par leurs contre-maîtres ; il se fait beaucoup aussi
« par camaraderie. Dans des corporations du bâtiment, comme
« les terrassiers, les maçons, les peintres, il se fait aux places
« de grève ; mais la plus grande embauche est toujours dans
« les bureaux de placement.

« Il existe très peu de maisons où l'on exige maintenant le
« livret d'ouvrier, que tous les ouvriers réprouvent avec dé-
« goût. »

Les syndicats de province et de l'étranger ont fait des réponses analogues.

Le texte de ce résumé reconnaît aux bureaux de placement une grande importance dans l'embauchage, tandis que dans le

[1] Paris, E. Harry, 1889.

détail des réponses des syndicats, il s'en trouve seulement 5 sur 55 qui signalent l'intervention de ces bureaux. Il convient, en conséquence, de tirer des déductions de cette rédaction : la commission exécutive de la Bourse du Travail, en préparant ses résumés, s'est inspirée non pas exclusivement des réponses formulées par les syndicats, mais surtout de la forme générale qu'affectent les opérations de la Bourse. En effet, les ouvriers des professions manuelles viennent rarement à leurs chambres syndicales pour trouver de l'occupation : ils se placent par connaissance ou aux lieux d'embauchage, tandis que ceux qui se recrutent par l'intermédiaire des bureaux de placement affluent à la Bourse du Travail dès que les placeurs ont distribué les emplois et forment ainsi l'immense majorité des visiteurs quotidiens de cet établissement.

Déviant de leur but, les syndicats ont subdivisé la classe des travailleurs en deux nouvelles classes, celle des syndiqués et celle des non-syndiqués. Des luttes intestines continuelles dans les corporations ont résulté de ces nouvelles distinctions, de sorte que les questions d'économie sociale qui devaient être étudiées par les travailleurs n'ont jamais pu être examinées utilement et que cette institution devient d'elle-même une espèce particulière de bureau de placement dont les inconvénients sont nombreux et qui ne pourra guère lutter contre les officines privées, tant que la question de l'embauche sera subordonnée aux considérations politiques.

Les syndicats composant la Bourse du Travail demandent d'une manière absolue la suppression radicale des bureaux de placement privés. Ils voudraient : que tous les travailleurs fussent syndiqués par profession et que l'embauchage des chômeurs fût fait à la Bourse du Travail ;

Que « le placement des individus non groupés, tels que : « gens de maison, nourrices, domestiques, etc., etc., pût se « faire, offrant plus de garanties et de sûreté, par l'établisse- « ment de bureaux municipaux [1]. »

Ces vœux, tout en restreignant aux personnes non groupées l'action des bureaux municipaux, reconnaissent néanmoins l'utilité de leur création.

[1] *Annuaire de la Bourse du Travail* (1887-1888), p. 59.

La situation actuelle se résume en ceci, pour les personnes qui ont besoin d'un intermédiaire pour se procurer du travail : faire partie d'un syndicat ou s'adresser aux bureaux de placement. Or beaucoup hésitent à entrer dans ces syndicats en voyant quelle part la politique y prend et en considérant que les patrons ne viennent pas volontiers recruter leur personnel dans une association qui a pour but principal et systématique de les combattre. Les indépendants, et ils forment l'immense majorité, devront donc avoir recours aux bureaux de placement.

Ce sont ces considérations qui ont causé le mouvement d'opinion en faveur de la réinstallation des bureaux municipaux.

III

Création des bureaux municipaux.

Le 8 mars 1848, le gouvernement provisoire décréta la création, dans chacune des mairies de Paris, d'un bureau de renseignements destiné à :

« Établir des tableaux statistiques de l'offre et de la de-
« mande de travail et à faciliter les rapports entre les per-
« sonnes qui cherchent un emploi ou du travail, d'une part,
« et celles qui demandent des employés ou des travailleurs
« de l'autre [1]. »

Pour faire suite à ce décret, M. Ducoux, Préfet de Police, adressa au Conseil municipal de Paris un projet complet de *Bourse des travailleurs*.

Aucune suite utile ne paraît avoir été donnée à cette disposition législative. L'industrie du placement retourne à l'initiative privée et est réglementée par le décret du 25 mars 1852, qui régit encore la matière aujourd'hui.

C'est seulement trente-six ans après, en 1888, que les bureaux municipaux réapparaissent.

A la séance du Conseil municipal, du 11 juin 1888, la proposition ci-après, suivie d'une demande d'urgence, fut déposée par M. Lavy.

« Considérant que les bureaux de placement ne sont que
« l'une des formes et non la moins importante de l'exploita-
« tion des travailleurs ;
« Que leur existence grève le salariat d'un impôt inique et
« des plus lourds ;
« Qu'elle donne lieu à de honteux trafics entre les em-
« ployeurs et les propriétaires de bureaux de placement,

[1] V. page 66.

« trafics dont les ouvriers et employés sont toujours les
« victimes ;

« Emet le vœu :

« Qu'à l'égal du marchandage, les bureaux individuels de
« placement soient interdits par une loi ;
« Qu'en dehors des chambres syndicales et groupes corpo-
« ratifs, tout désignés pour s'occuper du placement des tra-
« vailleurs sans emploi, il soit ouvert dans toutes les mairies
« de France un bureau de placement gratuit. »

Ce projet était adopté ainsi que la proposition suivante de
M. Deschamps :

« M. le Préfet est invité à intervenir auprès des Maires
d'arrondissement afin qu'ils obtiennent par leur initiative la
création d'institutions de placement analogues à celle qui
existe dans le 18ᵉ arrondissement. »

Le 7 juillet 1888, M. le Préfet de la Seine envoyait la circulaire suivante aux 19 Mairies où des bureaux de placement
n'existaient pas encore :

Paris, le 7 juillet 1888.

Monsieur le Maire,

Par une délibération en date du 11 juin dernier, le Conseil municipal a
invité l'administration à intervenir auprès des Maires des arrondissements
de Paris, afin qu'ils obtiennent, par leur initiative, la création d'institutions
de placement analogues à celle qui existe dans le 18ᵉ arrondissement.

Le bureau de placement gratuit du 18ᵉ arrondissement, que cette délibération indique comme type, a été créé par les soins des membres du bureau
de bienfaisance, en vue de procurer du travail à des personnes qui, autre-
ment, tomberaient à la charge de l'Assistance publique ; mais ce bureau a
une existence propre et complètement distincte de celle du bureau de bienfaisance, il est en dehors du service administratif et fonctionne comme
institution privée.

. . . . [1]

Les ressources nécessaires au fonctionnement de cette institution ont été
fournies, à l'origine, par des cotisations volontaires, puis, par des fêtes
organisées par la municipalité de l'arrondissement.

[1] Une partie de la lettre non reproduite ici contient des renseignements
sur l'administration du bureau municipal de placement du 18ᵉ arrondissement. Ces renseignements sont entièrement insérés dans les annexes du
1ᵉʳ chapitre.

J'appelle tout particulièrement votre attention sur l'institution due à l'initiative de MM. les membres du bureau de bienfaisance du 18e arrondissement ; elle a rendu d'utiles services à la population laborieuse et a un but éminemment moralisateur.

Je vous prie de vouloir bien rechercher s'il ne serait pas possible, en faisant appel aux concours des habitants de votre arrondissement, de créer des bureaux de placement semblables et je serais heureux d'apprendre que vos efforts ont été couronnés de succès.

Veuillez agréer, etc.

Le Préfet de la Seine,
Signé : POUBELLE.

Aucun arrondissement n'ayant répondu à l'appel de M. le Préfet de la Seine, une nouvelle circulaire du 15 septembre 1888 rappelle l'instruction du 7 juillet et demande de faire connaître le résultat des efforts qui ont dû être faits pour arriver à la création des bureaux municipaux de placement.

A la suite de cette circulaire, des bureaux municipaux s'ouvraient :

Dans le 15e arrondissement, le 15 octobre 1888
— 1er — le 30 — 1888
— 3e — le 15 novemb. 1888
— 6e — le 7 janvier 1889
— 4e — le 11 mars 1889
— 5e — le 1er mai 1889
— 14e — le 12 mai 1889
— 17e — le janvier 1890

Enfin, dans le *rapport présenté au nom de la 2e commission, relativement à des subventions à accorder à divers bureaux de placement* [1], M. Léon DONNAT dit :

« Votre commission pense, Messieurs, que de tels essais méritent d'être « encouragés. Les bureaux des mairies offrent des avantages particuliers ; ils « sont à la portée des ouvriers et des patrons ; la maison commune est un « lieu naturel de rendez-vous pour ceux qui offrent du travail aussi bien « que pour ceux qui en demandent ; enfin, dans une grande ville comme « Paris, les industries sont assez fréquemment réparties par quartiers ; il y « a donc intérêt pour elles à posséder, pour leurs besoins de main-d'œuvre, « un bureau de placement un peu spécial. Ce fait qui se produit déjà « acquerra par la suite une grande intensité. »

Comme consécration de ce rapport, le Conseil vota une sub-

[1] 932. Imprimerie municipale, Hôtel-de-Ville, 1889.

vention de 1,500 francs en faveur des bureaux des 1er, 5e, 6e et 18e arrondissement. Le bureau du 3e arrondissement, qui fonctionne toute la journée, avait obtenu, quelques jours auparavant, une somme de 2,000 francs.

Au mois de janvier 1890, 8 bureaux subventionnés par le Conseil municipal fonctionneront.

IV

Rôle des bureaux municipaux de placement.
— Extension à leur donner.

Depuis le peu de temps que quelques bureaux municipaux existent, l'on a pu obtenir, dans ceux qui ont été entrepris avec conviction, des résultats qui prouvent avec quelle faveur le public a accueilli leur création. L'on a pu, en supputant les dépenses épargnées à ceux qui y ont eu recours, mesurer l'étendue des services qu'ils ont rendus. Leur utilité est donc démontrée par ces diverses considérations. Mais il importe de bien établir les bienfaits moraux qu'il est dans leur mission de produire.

Dégagés des préoccupations financières et des considérations de coterie de toute espèce, les bureaux municipaux doivent apporter dans leurs opérations une sincérité qui manque fatalement dans toute autre institution de placement, fût-elle gratuite. Les syndicats donneront toujours la préférence à leurs adhérents, s'ils n'excluent pas totalement les non-syndiqués ; les bureaux privés sont inévitablement guidés par leur intérêt personnel et les œuvres religieuses qui s'occupent du placement ont des procédés particuliers qui les font tenir en juste défiance. Seul le bureau municipal, guidé par le but de faire du bien et de le bien faire, déploie l'initiative la plus large et la plus exacte dans son rôle d'intermédiaire.

Aussi les municipalités doivent-elles donner un grand caractère à leurs bureaux de placement et les considérer comme des auxiliaires précieux. Les bureaux de bienfaisance, dont les charges deviennent chaque jour de plus en plus lourdes, doivent une grande partie de leur clientèle à des personnes qu'un long chômage rend apathiques et qui finissent par perdre la force et la volonté de travailler. Ce sont ces personnes qu'il importe de sauver quand il en est temps encore.

Pour arriver à des résultats d'une aussi haute portée morale, le service devra toujours être confié à une personne qui ne borne pas son horizon à la lettre d'un règlement et qui ne cherche pas uniquement à couvrir la lourde responsabilité qui lui incombe, mais à un employé actif ayant une expérience consommée des rapports avec le public et qui n'aura pas à redouter des reproches trop vifs si, dans son désir de bien faire, il lui arrivait de se tromper.

Car l'initiative d'un placeur est très grande, il lui faut souvent éclaircir des situations très embarrassées. Ici, un fait typique et absolument authentique a sa place toute marquée pour comparer les procédés des bureaux municipaux et privés. Il contient un enseignement en montrant le peu de scrupule qu'apportent ces derniers dans l'évaluation des droits qu'ils prélèvent et dans la difficulté que l'on peut éprouver à se renseigner sur la moralité des personnes qui recherchent des emplois, lorsque l'on veut prendre ce souci :

Une demoiselle R... se présente, en mars 1889, au bureau de placement de la mairie du 6ᵉ arrondissement, demandant une place de bonne à tout faire. Les certificats qu'elle produit ne concordent pas avec les renseignements qui lui sont demandés ; de plus, son allure particulièrement commune la fait écarter du nombre des postulants à placer dans une maison bourgeoise. On lui dit qu'il ne semble possible de la placer que chez un marchand de vins.

N'acceptant pas cette manière de voir, Mlle R... se retire. Vers le mois d'août suivant elle reparaît au bureau et annonce que tout en étant alors placée chez un marchand de vins elle pourra produire des certificats suffisants pour qu'on puisse la placer à son goût ; en effet, ayant quitté cette dernière place, elle vient, au commencement du mois de septembre, demander un emploi, et, sur l'observation qui lui est présentée, que sortant de chez un marchand de vins il lui sera difficile de se faire accepter par des particuliers, elle montre triomphalement un certificat tout récent émanant de propriétaires de province, — avec légalisation de la signature par le maire de la commune, — constatant qu'elle a servi fidèlement et honorablement pendant longtemps chez ces personnes, qu'elle n'a quittées que pour venir se placer à Paris. Pressée de questions, elle raconte l'odyssée suivante : Etant servante dans une ferme, à la campagne, elle avait eu un enfant, et était alors entrée comme nourrice sur lieux chez des propriétaires de la localité. Quand l'enfant qu'elle avait nourri fut un peu grand, ses services devenant inutiles, on la congédie. C'est alors qu'elle vient à Paris apportant un petit pécule. Elle s'adresse à un bureau de placement pour obtenir *une bonne place* dans une maison bourgeoise. Le placeur lui dit qu'il en a une excellente, chez une comtesse, mais qu'avant de lui indiquer l'adresse, Mlle R... doit lui payer une somme pour solder les frais qu'il a pu faire. Ces frais, paraît-il, s'élevaient à 21 francs, qui sont immédiatement soldés par la naïve domestique — et cela sans préjudice du droit de placement qui fut prélevé par la suite. Mlle R... est envoyée quai M..., chez une comtesse de L..., artiste lyrique, dont les ressources consistent en leçons de chant(?) qu'elle donne à des jeunes gens ! Au bout de deux mois seulement, la domestique est renseignée sur la véritable profession de sa patronne par un client pressé auquel on fait faire antichambre trop longtemps. La pudeur de Mlle R... ne s'effarouche nullement, elle entrevoit une source de bénéfices nouveaux provenant soit de cadeaux qu'elle sollicitera de la clientèle habituelle de la maison, soit de la concurrence occulte qu'elle pourra faire à la pseudo-comtesse. Celle-ci ne tarde pas à découvrir les manœuvres de sa bonne et la congédie tout en lui faisant un certificat particulièrement élogieux, et en doublant sur ce certificat la durée du temps de service. C'est à ce moment que Mlle R... vient au bureau de placement du 6e arrondissement et qu'elle est éconduite. Elle réussit par l'intermédiaire d'un bureau privé à se faire placer chez un débitant de vins. Elle y reste peu et va vivre en concubinage avec un client de la maison qu'elle vient de quitter. Abandonnée et sachant quelles difficultés elle rencontrera pour se placer dans une maison bourgeoise, elle demande un certificat aux personnes chez lesquelles elle a été nourrice, et munie de cette pièce que l'on peut appeler authentique, elle se présente dans les bureaux disant arriver de chez elle, amenée par un des nombreux trains de plaisir qui, pendant toute la durée de l'Exposition, ont inondé Paris de provinciaux venant y chercher des places.

Il est certain qu'un bureau privé n'hésitera pas à la placer dans les conditions qu'elle désire, tandis qu'un bureau municipal fera toujours des réserves et ne procurera un emploi qu'après avoir fait connaître à la personne qui offre l'emploi les conditions dans lesquelles se trouve la postulante, laquelle n'est pas écartée systématiquement en raison de ses antécédents, mais à qui l'on réservera un travail où ils ne seront pas un empêchement.

Pour arriver à des résultats pratiques, le bureau municipal doit réduire à sa plus simple expression le rouage administratif, rester étranger à toute préoccupation politique ou sectaire, accorder aux chômeurs les égards qui leur manquent généralement dans les officines privées et inspirer confiance aux personnes qui offrent des emplois ou du travail. Ce dernier point est capital, car les anciens bureaux étant jugés et condamnés par l'opinion publique, l'institution qui tend à prendre leur place est appelée au succès si ses procédés correspondent à son but.

*
* *

L'on évalue à plus de 400 les agences qui, à quelque titre que ce soit, s'occupent actuellement de procurer des emplois et du travail. Bien qu'un certain nombre, malheureusement trop grand, d'entre elles, vivent surtout d'escroqueries, il est vrai que beaucoup d'autres fonctionnent activement et constituent des intermédiaires très occupés ; les bureaux municipaux ne peuvent prétendre, surtout avec leur organisation provisoire, à devenir les seuls instruments de placement. Pour les travailleurs syndiqués, l'on peut déjà prédire, pour un avenir peu éloigné, une réforme très sérieuse et radicale des bureaux de la Bourse du Travail et un retour vers cette question de l'embauchage pratique qui, quoi qu'on en dise, doit être la première préoccupation de cette institution. Quand la classe laborieuse se sera débarrassée de quelques personnalités encombrantes qui ont accaparé les syndicats et s'y sont implantés, l'on verra venir à la Bourse les ouvriers que l'anarchie actuelle éloigne, et les patrons qui, en résumé, ont aussi intérêt que les employés à pouvoir se procurer rapidement le personnel dont ils ont besoin. Cette prédiction n'est pas une utopie, l'on peut même dire de quelle façon elle se réalisera : les syndicats ouvriers, en prenant possession de la Bourse du Travail, ont demandé et obtenu d'être les maîtres absolus dans l'immeuble ; ils abusent de cette concession en refusant même d'établir les statistiques de leurs opérations ; l'institution pro-

duit si peu de résultats que le plus grand nombre des travailleurs s'en éloignent et que les syndicats, tout en faisant un ta-
page considérable, diminuent en nombre chaque jour ; dans un
temps peu éloigné, il ne restera plus dans le bâtiment que les
personnalités bruyantes qui, actuellement, font avorter l'œuvre,
et qui alors s'entredéchireront elles-mêmes. La lutte cessera
faute de combattants. La Bourse du Travail sera vide faute de
véritables travailleurs.

En attendant et comme attribution nouvelle, les bureaux
municipaux pourraient intervenir et organiser un moyen d'embauchage pour les ouvriers, tel, que tout chômeur fut ren-
seigné, sans formalité aucune, sur le travail professionnel qu'il
est apte à accomplir.

Pour cela, il faudrait installer, au moins en un endroit de
chaque arrondissement, un abri couvert où serait un grand
tableau indiquant les offres de travail que les patrons feraient
parvenir à la mairie. Ce tableau supprimerait ces petits carrés
de papiers que l'on répand sur tous les murs pour demander des
ouvriers, et les personnes inoccupées sauraient où trouver du
travail. Cette réforme ne demanderait pas grands frais et rendrait des services signalés. Sur ces places de grève locales, il
ne serait question que de travail et tout le monde s'en trouverait beaucoup mieux. Ceux qui s'occupent d'économie sociale
ne troubleraient pas les travailleurs indifférents qui, en résumé,
sont le plus grand nombre.

⁎

Si l'essai des bureaux municipaux de placement tenté actuellement à Paris réussit, comme on peut légitimement l'espérer,
la proposition que MM. Ducoux et Ceyras, représentants du
Peuple, présentèrent à l'Assemblée nationale, le 12 juin
1851 pourrait être reprise et aurait beaucoup de chance d'être
acceptée.

Voici le texte de cette proposition :

Article premier. — Dans toutes les communes d'une population de
3,000 âmes et au-dessus, il sera créé des bureaux de renseignements pour
les propriétaires et les patrons qui désireront se procurer des ouvriers, et
pour les ouvriers qui désireront trouver de l'ouvrage ; des bureaux semblables seront établis dans les communes d'une population inférieure à
3,000 âmes, si les conseils municipaux le jugent utile à l'agriculture et aux
classes ouvrières de la localité.

Art. 2. — Ces bureaux seront placés sous la surveillance de commissions spéciales nommées par les conseils municipaux et composées de citoyens notables, dans le commerce, l'industrie et la propriété.

Art. 3. — Ces commissions pourvoiront à ce qu'il soit tenu, dans la commune, des registres sur lesquels on inscrira, par catégorie de profession, les demandes d'emploi, le nom et l'adresse des ouvriers ou des serviteurs à gages, le nom et la demeure des patrons et propriétaires, et l'emploi ou l'ouvrage offerts.

Art. 4. — Dans les villes d'une population de 20,000 âmes et au-dessus, elles nommeront un ou plusieurs employés (suivant l'importance des villes) pour tenir les registres sous l'inspection d'un de leurs membres. Ces employés seront rétribués sur les fonds municipaux.

Art. 5. — Dans les villes d'une population au-dessous de 20,000 âmes, les registres seront tenus par les secrétaires des mairies avec l'aide et la coopération des membres de la commission spéciale à tour de rôle.

Art. 6. — Dans les villes où il existe des conseils de prud'hommes, les membres de ces conseils feront, de droit, partie de la commission spéciale.

Art. 7. — A Paris, il y aura une commission par arrondissement et des bureaux spéciaux pour les industries importantes.

Un état sommaire du nombre des inscriptions reçues sera transmis tous les quinze jours par les maires au préfet de la Seine, pour devenir, s'il y a lieu, l'objet de publications, dans l'intérêt de l'industrie et des classes ouvrières.

Art. 8. — Les règlements faits par les Commissions spéciales et adoptés par les conseils municipaux des villes d'une population de 100,000 âmes et au-dessus seront soumis à l'approbation du ministre de l'intérieur.

Art. 9. — Un règlement d'administration publique déterminera le mode de correspondance des bureaux de renseignements entre eux.

Sortis du précaire, les bureaux municipaux remplaceraient rapidement les agences privées et les bienfaits qui en résulteraient au profit des travailleurs seraient des plus importants, si l'on considère, pour le seul côté matériel, la somme énorme que représentent les dîmes prélevées sur les salaires pour entretenir plus de 400 bureaux de placement privés.

Enfin, la suppression des Bureaux de placement et leur remplacement par les Chambres syndicales est de plus en plus à l'ordre du jour. Voici un extrait du *Petit Parisien* du 14 décembre 1889 :

V

La suppression des Bureaux de placement.

« Les Chambres syndicales ouvrières de l'alimentation avaient provoqué hier soir, à la Bourse du Travail, une réunion publique dont l'ordre du jour était : « Suppression des bureaux de placement. »

« M. Lentz, qui présidait, a exposé le but de la réunion.

« M. Gouzou, secrétaire, a donné lecture de la proposition de loi à soumettre aux Chambres et qui est ainsi conçue :

« Le placement des employés et ouvriers de toutes professions se fait gratuitement par l'entremise et les soins des Chambres syndicales, groupes corporatifs, sociétés ouvrières, etc.

« Dans les localités où il n'existerait pas de Chambre syndicale, les municipalités sont chargées de pourvoir au placement des employés. »

« M. Baudin, député du Cher, s'est engagé à défendre cette proposition à la Chambre.

« M. Basly a parlé en faveur de l'application aux placeurs des articles 414 et suivants du Code pénal, qui punissent l'entrave à la liberté du travail.

« MM. Antide Boyer, député, et Camélinat ont également pris la parole, mais la réunion s'est séparée sans prendre de résolution par suite de la présence d'un certain nombre d'anarchistes qui ont provoqué divers incidents tumultueux. »

Autre extrait du journal *La France*, en date du 18 décembre 1889 :

MM. Dumay, Joffrin, Baulard et Maujan, députés de la Seine, ont déposé sur le bureau de la Chambre une proposition de loi tendant à la suppression des bureaux de placement.

« D'après le texte de cette proposition, le placement gratuit des employés et ouvriers de toutes professions et des deux sexes serait fait, à l'avenir, par l'entreprise des bourses du travail, des syndicats ouvriers et des groupes corporatifs ou, à leur défaut, par les municipalités, qui y sont du reste autorisées par les articles 70 et 94 de la loi municipale de 1884.

DEUXIÈME PARTIE

LES
BUREAUX DE PLACEMENT PRIVÉS

CHAPITRE PREMIER

DÉCRETS ET ORDONNANCES

1° ORDONNANCE DU 20 PLUVIÔSE AN XII (10 FÉVRIER 1804);

2° DÉCRET DU 8 MARS 1848, INSTITUANT DANS LES MAIRIES DE PARIS DES BUREAUX DE PLACEMENT *gratuits ;*

3° DÉCRET DU 25 MARS 1852 ;

4° ORDONNANCE DE POLICE DU 5 OCTOBRE 1852, EXPLIQUANT LE DÉCRET CI-DESSUS ;

5° CIRCULAIRE DU 8 OCTOBRE 1852, INTERPRÉTANT L'ORDONNANCE DU 5 OCTOBRE 1852;

6° ORDONNANCE DE POLICE DU 16 JUIN 1857.

I

Ordonnance du 20 pluviose an XII (10 février 1804)

Il sera établi à Paris des bureaux de placement pour les classes d'ouvriers à l'égard desquels ils seront jugés nécessaires.

—————

II

Décret du 8 mars 1848

RÉPUBLIQUE FRANÇAISE

LIBERTÉ, ÉGALITÉ, FRATERNITÉ

Au nom du peuple français,

Sur le rapport de la commission du Gouvernement pour les travailleurs ;

Considérant que toutes les questions que soulève le problème complexe de l'organisation du travail ne peuvent être résolues simultanément et à bref délai,

Mais qu'il importe dès aujourd'hui, et en attendant les mesures plus efficaces qui seront prochainement et successivement proposées, de réaliser toutes les améliorations que comporte le présent état de choses,

Le Gouvernement provisoire décrète :

1° Il sera établi dans chaque mairie de Paris un bureau gratuit de renseignements ;

2° Ces bureaux dresseront les tableaux statistiques de l'offre et de la demande de travail ; ils faciliteront et régulariseront les rapports entre les personnes qui cherchent un emploi ou du travail, d'une part, et celles qui demandent des employés ou des travailleurs, de l'autre.

3° A cet effet, il sera tenu deux registres : sur le premier, on inscrira, par catégories de professions, toutes les demandes d'emploi, le nom et l'adresse des demandeurs ; sur le second, le nom et l'adresse de tous ceux qui ont besoin d'employés, en ayant soin de mentionner le salaire offert et les conditions exigées.

4° Les registres seront communiqués à tout citoyen qui voudra les consulter.

5° Un règlement d'administration publique déterminera l'organisation de ces bureaux gratuits de renseignements.

Paris, le 8 mars 1848.

Les membres du Gouvernement provisoire,

Signé : Dupont (de l'Eure), Flocon, Marrast, Albert, Lamartine, Ledru-Rollin, Ad. Crémieux, Marie, Louis Blanc, Arago, Garnier Pagès.

III

Décret sur les bureaux de placement (25 mars 1852).

ARTICLE PREMIER. — A l'avenir, nul ne pourra tenir un bureau de placement, sous quelques titres et pour quelques professions, places ou emplois que ce soit, sans une permission spéciale délivrée par l'autorité municipale, et qui ne pourra être accordée qu'à des personnes d'une moralité reconnue. — Les possesseurs actuels de bureaux de placement ont un délai de trois mois pour se pourvoir de la dite permission.

ART. 2. — La demande à fin de permission doit contenir les conditions auxquelles le requérant se propose d'exercer son industrie. — Il est tenu de se conformer à ces conditions et aux dispositions réglementaires qui seraient prises en vertu de l'article 3.

ART. 3. — L'autorité municipale surveille les bureaux de placement pour y assurer le maintien de l'ordre et la loyauté de la gestion. — Elle prend les arrêtés nécessaires à cet effet et règle le tarif des droits qui pourront être perçus par le gérant.

ART. 4. — Toute contravention à l'article premier, au second paragraphe de l'article 2 ou aux règlements faits en vertu de l'article 3, sera punie d'une amende de 1 franc à 15 francs et d'un emprisonnement de 3 jours au plus, ou de l'une de ces deux peines seulement. — Le maximum des deux peines sera toujours appliqué au contrevenant, lorsqu'il aura été prononcé contre lui, dans les douze mois précédents, une première condamnation pour contravention au présent décret ou aux règlements de police précités. Ces peines sont indépendantes des restitutions et dommages-intérêts auxquels pourraient donner lieu les faits imputables au gérant. L'article 463 du code pénal est applicable aux contraventions indiquées ci-dessus.

ART. 5. — L'autorité municipale peut retirer la permission, 1° aux individus qui auraient encouru ou viendraient à encourir une des condamnations prévues par l'article 15, paragraphes 1er, 3, 4, 5, 6, 14 et 15, et par l'article 16 du décret du 2 février 1852 ; — 2° aux individus qui auraient été ou qui seraient condamnés pour coalition ; — 3° à ceux qui seraient condamnés à l'emprisonnement pour contravention au présent décret ou aux arrêtés pris en vertu de l'article 3.

ART. 6. — Les pouvoirs ci-dessus conférés à l'autorité municipale seront exercés par le préfet de police pour Paris et le ressort de sa préfecture, et par le préfet du Rhône pour Lyon et les autres communes dans lesquelles il remplit les fonctions qui lui sont attribuées par la loi du 24 juin 1851.

ART. 7. — Les retraits de permission et les règlements émanés de l'autorité municipale, en vertu des dispositions qui précèdent, ne sont exécutoires qu'après l'approbation du Préfet.

IV

Ordonnance concernant les bureaux de placement.

Paris, le 5 octobre 1852.

Nous, Préfet de police,

Vu les arrêtés du Gouvernement des 12 messidor an VIII et 3 brumaire an IX (1er juillet et 25 octobre 1800);

Vu la loi du 7 août 1850 ;

Vu le décret du 25 mars 1852,

Ordonnons ce qui suit :

ARTICLE PREMIER. — Nul ne pourra tenir, dans le ressort de la Préfecture de police, un bureau de placement, sous quelque titre et pour quelques professions, places ou emplois que ce soit, sans une permission spéciale délivrée par nous. (Article 1er du décret du 25 mars 1852).

ART. 2. — La demande à fin de permission devra contenir les conditions auxquelles le requérant se propose d'exercer son industrie. (Art. 2 du même décret).

ART. 3. — Le candidat joindra à sa demande son acte de naissance et un certificat de résidence et de moralité délivré par le commissaire de police de sa section ou le maire de sa commune.

Il indiquera le local où il se propose d'établir son bureau : ce local devra présenter toutes les conditions nécessaires dans l'intérêt de l'hygiène, de l'ordre et de la sûreté.

ART. 4. — L'arrêté d'autorisation sera personnel. En cas de changement de résidence, le nouveau local sera agréé par l'administration.

Toute succursale est prohibée.

ART. 5. — Chaque titulaire sera obligé d'avoir des registres dont la forme sera indiquée par l'arrêté d'autorisation.

Ces registres seront cotés par première et dernière et paraphés sur chaque feuille par le commissaire de police ou le maire, au visa duquel ils seront soumis du 1er au 5 de chaque mois.

Ils ne devront contenir aucun renvoi, rature ni interligne, et seront constamment tenus au courant.

Ils seront représentés à toute réquisition des agents de l'autorité.

Art. 6. — Aucune personne ne pourra être placée sans avoir, au préalable, été inscrite sur le registre à ce destiné.

L'inscription mentionnera les nom, prénom, âge, lieu de naissance, profession et domicile de la personne inscrite, ainsi que l'indication des pièces qu'elle aura produites pour établir sa moralité et son identité.

Ces pièces ne pourront être retenues par le placeur sans l'assentiment du postulant ; elles lui seront, en tous cas, restituées à sa première réquisition.

Art. 7. — L'arrêté d'autorisation règlera, conformément à l'article 3 du décret précité, les tarifs des droits de placement qui pourront être perçus par le gérant, et, s'il y a lieu, le tarif du droit d'inscription qui, dans aucun cas, ne pourra excéder cinquante centimes [1].

L'arrêté indiquera également toutes les conditions spéciales imposées à l'établissement.

Art. 8. — Le placeur sera tenu de délivrer gratuitement à chaque personne inscrite et au moment même de l'inscription un bulletin portant le numéro d'ordre de l'inscription, les conditions du tarif fixé pour le bureau et la quittance de la somme qu'il aurait reçue, soit à titre de droit d'inscription, soit à titre d'avance sur le droit de placement.

Cette avance sur le droit de placement sera toujours restituée à la première réquisition du déposant qui renoncera à être placé par l'entremise du bureau où aura eu lieu l'inscription.

En cas de refus de restitution, la contestation sera portée immédiatement devant le commissaire de police qui, au besoin, dressera procès-verbal.

---

[1] Ce droit d'inscription a été supprimé par l'ord. du 16 juin 1857.

Le tarif du droit de placement sera fixe ; il ne pourra être ni augmenté ni diminué au gré du placeur.

Ce droit ne sera dû au placeur qu'autant qu'il aura procuré un emploi, et ne lui sera définitivement acquis qu'après un délai déterminé, pour chaque bureau, par l'arrêté d'autorisation.

Aucune somme, autre que celles ci-dessus indiquées, ne pourra être perçue à titre de cautionnement ou sous quelque dénomination que ce soit, tant par le gérant que par la personne interposée.

Art. 9. — En l'absence de conventions contraires, le montant du droit de placement indiqué au bulletin pourra toujours être payé au placeur par le maître ou patron, et imputé sur les gages ou salaires de la personne placée.

Art. 10. — Il est formellement défendu aux placeurs d'annoncer, soit sur leur registre, soit sur des tableaux ou affiches apposés intérieurement ou extérieurement, soit par tout autre moyen de publicité, des places ou emplois qu'ils n'auraient pas mandat de procurer.

Art. 11. — Sont interdites toute connivence, toutes manœuvres frauduleuses tendant à faire croire à un placement qui ne serait pas sérieux ou ayant pour but d'agir contre l'intérêt d'une personne placée, dans l'espoir d'une nouvelle rétribution.

Art. 12. — Il est également défendu au gérant d'un bureau de placement d'envoyer des mineurs dans des maisons ou chez des individus mal famés, et généralement de se prêter à aucune manœuvre contraire aux mœurs.

Art. 13. — Les dispositions des articles 8, 9, 10, 11 et 12 de la présente ordonnance seront textuellement insérées sur le bulletin délivré aux personnes inscrites.

Art. 14. — Le tarif des droits dont la perception sera autorisée devra toujours être affiché ostensiblement, avec un exemplaire de la présente ordonnance, dans l'intérieur de chaque bureau de placement.

Art. 15. — Tout bureau de placement autorisé sera indiqué par une inscription peinte à l'huile, et placée d'une manière apparente sur la façade de la maison.

Art. 16. — Toutes contraventions aux dispositions de la présente ordonnance et des arrêtés particuliers d'autorisation seront constatées par des procès-verbaux ou rapports, lesquels seront transmis aux tribunaux compétents.

Tous autres règlements ou ordonnances qui interviendraient en exécution de l'article 3 du décret du 25 mars 1852 seront applicables de plein droit aux établissements déjà autorisés.

Les arrêtés d'autorisation seront toujours soumis aux modifications que l'administration croira devoir prescrire.

Art. 17. — La présente ordonnance sera publiée et affichée dans le ressort de la Préfecture de police.

Les sous-préfets des arrondissements de Sceaux et de Saint-Denis, le chef de la police municipale, les commissaires de police de Paris, les maires, adjoints et commissaires de police des communes rurales, la gendarmerie et les agents de la préfecture de police sont, chacun en ce qui le concerne, chargés d'en assurer l'exécution.

Le Préfet de Police,
Piétri.

V

Instructions sur les Bureaux de placement.

Paris, le 8 octobre 1852.

A MM. les Commissaires de police de Paris et les Maires et Commissaires de police des communes du ressort.

Messieurs, j'ai eu récemment occasion de vous entretenir des bureaux de placement, je viens aujourd'hui vous notifier l'ordonnance que j'ai rendue, à la date du 5 de ce mois, sur cette matière importante. Je crois devoir accompagner cette ordonnance de quelques instructions dans lesquelles j'essaierai de vous en faire connaître l'esprit et le but.

Deux systèmes de réglementation étaient en présence : le monopole et la liberté de l'industrie.

Le premier, supposant une organisation officielle et pour chaque nature d'industrie un bureau unique dont le titulaire serait un agent direct ou indirect de l'administration, système entraînant pour conséquence :

1° L'interdiction de tout autre mode de placement;
2° Le placement des postulants par ordre d'inscription;

Le second, admettant la concurrence et la liberté des transactions et laissant aux ouvriers une latitude entière pour se placer par connaissances ou de tout autre manière en dehors des bureaux.

Avant tout, on s'est livré à une enquête minutieuse : on a consulté les usages établis, recueilli les observations du commerce comme celles des ouvriers, et consulté attentivement les précédents. Au moyen de ces investigations, on est arrivé à reconnaître que, dans un grand nombre d'industries, il n'existe point de bureaux; que les moyens et les modes de placement sont infinis, et que toute atteinte portée à la liberté des ouvriers sous ce rapport serait funeste à leurs intérêts.

On a reconnu aussi que toute institution de placement qui consisterait seulement en écritures ou en travail de bureau serait inefficace. Le placeur doit, au contraire, être un véritable courtier, toujours à la recherche des places vacantes et capable d'assortir les spécialités d'ouvriers aux spécialités d'emplois.

Or, ces conditions fondamentales ont paru et sont en effet absolument incompatibles avec des bureaux officiels tenus par des agents salariés, se bornant à remplir des registres d'inscription. Leur première règle serait nécessairement de placer les postulants dans l'ordre des inscriptions, sans pouvoir tenir aucun compte de leur aptitude. Ou bien, si ces agents officiels avaient la liberté de choisir parmi les ouvriers inscrits ceux qui devraient être placés de préférence, les postulants se trouveraient soumis au caprice, peut-être à la cupidité et tout au moins à l'arbitraire des bureaux, sans avoir aucun moyen de s'y soustraire, en l'absence de toute autre voie de placement.

Ce système a d'ailleurs été expérimenté et a toujours amené des résultats déplorables : lorsqu'il a été exclusif il a opprimé les ouvriers; lorsqu'au contraire il s'est trouvé en concurrence avec l'industrie libre, il n'a jamais pu se maintenir.

C'est donc le principe du droit commun, celui de la liberté de l'industrie, qui a prévalu dans le décret du 25 mars [1], sous la réserve d'une surveillance sérieuse et du contrôle permanent de l'autorité publique. Mais veuillez bien retenir, Messieurs, et faire connaître autour de vous, que cette disposition n'a été admise que dans l'intérêt de la classe ouvrière, le seul qui préoccupât ici le gouvernement et la commission.

Cela posé, il se présentait d'autres difficultés : comment réglementer par voie de dispositions générales une matière si complexe qu'elle change à chaque localité et qu'elle embrasse toujours, dans une même ville, une variété infinie d'espèces contradictoires ? N'était-il pas naturel d'abandonner à l'autorité municipale, si bien placée pour cela, le soin de rendre des

---

[1] *Appendice de la coll. off. des ordonnances de police*, 1re partie, page 580.

arrêtés appropriés aux besoins et aux conditions de chaque
localité ? C'est ce qu'a fait le décret du 25 mars. Toutefois, ce
décret a réglé soigneusement les points généraux qui étaient
de son domaine. Il a posé la nécessité d'une autorisation pour
l'exploitation des bureaux de placement : il a fixé les conditions de moralité à remplir par les titulaires et les cas d'inca-
pacités légales qui rendent certains individus inaptes à la
gestion des bureaux ; enfin, il a édicté diverses sanc-
tions pénales sur lesquelles repose l'efficacité de la réglementation.

En dehors de ces dispositions fondamentales, le décret
investit l'autorité municipale du droit et du soin de pourvoir,
tant par des règlements locaux que par une surveillance
soutenue, à la moralisation des bureaux et à la loyauté de leur
gestion.

C'est en vertu de cette nouvelle et délicate attribution que
j'étais appelé à rendre l'ordonnance que je vous transmets
aujourd'hui. Elle a été élaborée avec un soin consciencieux, et
je me suis appliqué à la rendre aussi complète que possible.
J'ai utilisé, dans ce travail, les renseignements que j'avais
réclamés de vous par ma circulaire du 8 avril, et j'ai eu lieu
de me féliciter d'avoir fait appel à vos lumières. Je vous
adresse ici mes remerciements de votre concours empressé.
Vous pourrez reconnaître le cas que j'ai fait de vos observations par la lecture de l'ordonnance dont je vais parcourir avec
vous les principales dispositions.

Conditions d'admissibilité à la gérance des bureaux de placement.

Les trois premiers articles ne sont guère que la reproduction
du décret. Ils se rapportent à la nécessité de l'autorisation et
aux garanties de toute nature à exiger des candidats à la
gérance des bureaux. Ils pourraient se passer de commen-
taire. Je veux seulement livrer à votre attention une remarque
importante : la nouvelle législation ne soumet à l'action de
l'autorité que les bureaux de placement proprement dits dont
elle a jugé superflu de donner une définition. Elle n'affecte en
rien la liberté des postulants, qui peuvent continuer à se placer
directement, ou par connaissances, ou de toute autre manière
étrangère aux bureaux en question.

Vous remarquerez aussi qu'il n'est apporté à la liberté industrielle de ces bureaux que les restrictions commandées par
l'intérêt des classes laborieuses et celui de la moralisation. En
dehors des restrictions expressément déterminées, l'industrie
du placement est régie par le droit commun, c'est-à-dire par
le principe de la liberté commerciale. Mais si, en principe,
l'administration répugne à multiplier les exceptions, elle
pèsera mûrement, en fait, lors de la délivrance des autorisations, toutes les circonstances qui pourraient amoindrir les
garanties d'une bonne gestion.

On avait proposé de n'autoriser que des bureaux spéciaux,
c'est-à-dire s'appliquant à une seule nature d'industrie. Sans
méconnaître l'utilité de ces bureaux, je n'ai pas cru pouvoir
admettre une pareille disposition. J'ai pensé que le résultat
qu'on désire se produirait de lui-même dans les industries qui
le comportent, comme cela a déjà eu lieu, mais qu'une telle
condition serait impraticable à l'égard de certaines industries
dont le personnel est trop peu nombreux pour alimenter même
un seul bureau.

J'appellerai encore votre attention sur la disposition qui
règle les conditions du local où devra être exploité le bureau.
Ayez soin de visiter attentivement les localités proposées,
toutes les fois que vous serez appelés à donner un avis sur une
demande en autorisation ou une translation de domicile.

Interdiction des succursales.

L'article 4 tranche une question importante : Il rend l'autorisation personnelle au titulaire et prohibe toute succursale.
On a considéré que le gérant d'un bureau ne saurait offrir trop
de garantie, et que l'intrusion de simples salariés dans l'exploitation affaiblirait sensiblement l'action de l'autorité sur la
gestion. Il y aura donc autant de titulaires que de bureaux.

Écritures et tenue intérieure des bureaux.

Les articles 5 et 6 règlent les écritures et la tenue intérieure
des bureaux. Ils prescrivent certains registres dont le nombre
et la forme seront déterminés, suivant les circonstances, par
les arrêtés d'autorisation. Aucun placement ne pourra avoir
lieu par l'entremise des bureaux sans une inscription préa-

lable. C'est là une simple mesure d'ordre dont l'utilité est facile à saisir.

On avait songé à exiger des postulants, au moment et comme condition de l'inscription, des papiers ou livrets. Mais on n'a pas tardé à comprendre qu'il fallait renoncer à cette idée au moins étrangère, et qui pouvait, dans certains cas, devenir contraire à la pensée du décret. On n'a voulu qu'une chose : faciliter le placement des ouvriers et des domestiques et les soustraire à la cupidité et aux manœuvres de certains placeurs. Tel devait être aussi l'unique but de l'ordonnance, et il ne convenait pas d'aller au-delà. Sans doute, la question des livrets est fort intéressante, mais elle est extrêmement grave et compliquée. Elle ne peut être résolue que par une loi, et on ne pouvait songer à la trancher incidemment dans une simple ordonnance de police. D'ailleurs, il ne faut pas perdre de vue que cette ordonnance ne règle qu'un mode de placement, la disposition qu'elle aurait adoptée concernant les livrets ne pouvait donc être qu'une mesure exceptionnelle et illusoire, puisque les postulants dépourvus de papiers pouvaient l'éluder en recourant à un autre mode de placement.

L'ordonnance se borne donc à faire une obligation au placeur de demander les papiers et de les inscrire, s'il y a lieu, sur les registres ; mais elle lui fait défense de jamais les retenir contre la volonté du postulant.

Tarif des rétributions à percevoir par les bureaux. — Règlement des conventions entre les placeurs et les postulants.

Le décret du 25 mars a laissé à l'autorité municipale le soin de fixer le tarif des rétributions à percevoir par les bureaux de placement. C'était là un point difficile à régler, et qui a été examiné fort attentivement. On a reconnu qu'en présence de la diversité des usages et des conditions de l'industrie, il était impossible d'adopter des tarifs uniformes. L'article 7 dispose que les tarifs seront réglés, pour chaque établissement, par l'arrêté d'autorisation.

Mais il y avait en cette matière une question spéciale que l'ordonnance devait régler.

Vous savez, Messieurs, qu'il se perçoit aujourd'hui, dans quelques bureaux, deux espèces de rétributions :

1° Un droit d'inscription indépendant de tout placement et perçu à l'avance ;

2° Un droit de placement, exigible seulement après l'emploi obtenu.

Ce dernier droit est toujours payé avec plaisir par les postulants de bonne foi et n'a presque jamais donné lieu à aucune plainte sérieuse.

Le droit d'inscription, au contraire, est une source de récriminations et d'abus. C'est le prétexte qui couvre cette multitude de petites escroqueries à l'égard desquelles la justice et l'administration avouent leur impuissance. Ce triste et déplorable état de choses va cesser : en principe, le droit d'inscription, tel que je viens de le définir, est supprimé ; toutefois, je me réserve d'autoriser sous ce titre, faute d'autre, dans certains cas exceptionnels, une légère rétribution qui ne pourra jamais être que la représentation des frais matériels occasionnés par l'inscription, et qui ne pourra, en aucun cas, dépasser un maximum de cinquante centimes. Tel est, sous ce rapport, l'esprit de l'article 7.

Il arrive aussi, il faut bien le reconnaître, qu'après le placement, la rétribution convenue n'est point payée. Pour parer à cette éventualité, quelques bureaux qui placent les domestiques et les postulants non assujettis au livret exigent, à titre de garantie et d'avance sur le droit à percevoir, le dépôt préalable d'une certaine somme. Il y aurait de l'injustice à priver les placeurs de ce moyen légitime d'assurer leur paiement. D'un autre côté, si on les exposait à des pertes trop répétées, on amènerait inévitablement l'augmentation des tarifs, ce qui tournerait au préjudice des postulants honnêtes. Seulement, il importait de prévenir les abus auxquels aurait pu donner lieu ce dépôt préalable. A cet effet, j'ai formulé une garantie tellement précise au profit du déposant que ses intérêts ne sauraient souffrir aucune atteinte. Le dépôt devra lui être restitué à sa première réquisition, s'il renonce à être placé par le bureau dépositaire.

Ainsi, dans certains cas exceptionnels, deux versements bien distincts peuvent avoir lieu au moment de l'inscription.

1° Le droit représentant les frais matériels de l'inscription, fixés par l'arrêté d'autorisation, et ne pouvant dépasser cinquante centimes ;

2° Le dépôt provisoire destiné à garantir le paiement du droit fixé en cas de placement.

Le premier, indépendant de tout placement et définitivement acquis au bureau ;

Le second restituable, à la volonté du déposant, tant que l'emploi n'a pas été procuré.

Je recommande d'autant plus cette distinction à vos souvenirs, Messieurs, qu'aux termes du troisième paragraphe de l'article 8, les contestations auxquelles pourraient donner lieu les demandes en restitution de dépôt seront portées devant vous. Je ne me dissimule pas que votre compétence en ceci n'irait pas jusqu'à la décision officielle d'une question purement civile. Mais, outre que votre intervention officieuse suffira presque toujours, il était bon que les difficultés survenant dans les bureaux vous fussent connues. Vous pourrez, d'ailleurs, dresser procès-verbal, s'il y a lieu, en infraction à l'ordonnance.

Une des premières garanties de bon ordre et de loyauté, c'est que les conditions du contrat qui se forment entre le placeur et le postulant soient clairement déterminées et ne puissent donner lieu à aucun débat. De là, la nécessité d'un tarif fixe et invariable. Le quatrième paragraphe de l'article 8 porte donc que le tarif arrêté officiellement ne pourra être augmenté, ni diminué. Cette disposition est toute dans l'intérêt de l'employé.

Au reste, le droit de placement ne sera dû que lorsque l'emploi aura été réellement procuré et après un délai qui sera fixé par l'arrêté d'autorisation.

Enfin, le même article interdit absolument au placeur la perception de sommes quelconques en dehors des tarifs.

J'ai lieu de croire que ces diverses dispositions régleront aussi équitablement que possible les conditions pécuniaires du placement. Je les ai complétées par une prescription dont vous apprécierez l'utilité : l'ordonnance oblige le placeur à délivrer gratuitement au postulant, au moment de l'inscription, un bulletin constatant toutes les conditions du contrat. Cette précaution aura le double avantage d'éviter les discussions et de faciliter l'exécution des règlements.

Mesures diverses.

Ces mesures ainsi arrêtées, il restait à atteindre diverses manœuvres de déloyauté et d'immoralité dont l'administration a gémi pendant longtemps sans pouvoir les réprimer.

Tantôt, c'étaient des affiches mensongères annonçant des places imaginaires au moyen desquelles de véritables escrocs, prenant le titre de placeurs, parvenaient à dépouiller, de leurs dernières ressources, des malheureux sans emploi.

Tantôt, on adressait les postulants à des compères qui les accueillaient d'abord, et qui, sous prétexte de cautionnements, leur extorquaient des sommes plus ou moins importantes.

Il arrivait aussi qu'après avoir procuré un emploi réel, le placeur cherchait lui-même à le faire perdre dans le but de se procurer une meilleure rétribution.

D'autres fois, on allait jusqu'à exercer, dans certains bureaux, des manœuvres de la plus grave immoralité, et, au lieu du travail honnête qu'ils venaient y chercher, les jeunes gens des deux sexes n'y trouvaient que des pièges et de pernicieux conseils.

Grâce au décret du 25 mars, ces déplorables abus vont cesser : l'ordonnance que je vous transmets les a tous prévus et s'est appliquée soigneusement à les atteindre sous quelque forme qu'ils se soient produits. Tel est l'objet des articles 10, 11 et 12.

Ainsi que vous pouvez le remarquer, je me suis attaché à embrasser tous les cas prévus, et à rendre mon ordonnance aussi complète que possible ; mais, comme ce n'est là, à tout prendre, qu'un premier pas, une sorte d'essai dans la réglementation d'une matière complexe et difficile, j'ai fait la part du progrès et de l'imprévu. Dans les dispositions finales de l'article 16, j'ai stipulé que les règlements à venir atteindraient de plein droit les établissements précédemment autorisés, et que les arrêtés d'autorisation pourraient toujours être modifiés par l'administration.

Si j'ai atteint le but que je me suis proposé dans cette circulaire, vous avez maintenant, Messieurs, une idée exacte du système de réglementation que j'ai adopté. Je me suis efforcé de saisir, aussi complètement que possible, l'esprit du décret du 25 mars. Seconder la pensée généreuse de ce décret est,

pour l'administration, un devoir dont je suis vivement péné-
tré. Je ne doute pas que vous ne le compreniez vous-mêmes et
que vous n'en acceptiez sincèrement votre part. Cette part est
importante ; c'est de vous principalement que dépend l'efficacité des mesures de moralisation qui viennent d'être arrêtées.
Dans ma pensée, vous êtes investis d'un véritable arbitrage, et
votre cabinet va devenir une sorte de tribunal d'équité où
aboutiront inévitablement toutes les difficultés qui pourront
survenir entre les placeurs et les postulants. Je veux que vous
ayez, pour l'accomplissement de cette mission délicate, beaucoup de latitude ; mais aussi, je suis en droit d'espérer que
vous l'accomplirez avec une scrupuleuse attention et avec cet
amour du bien qui est la première condition de votre magis-
trature.

Ainsi appliquée, la nouvelle législation sera un véritable
bienfait pour les classes laborieuses comme pour les placeurs
honnêtes. Vous aurez occasion, Messieurs, de mettre cette
pensée en lumière auprès de vos administrés, et il vous suffira,
pour atteindre ce but, de faire ressortir le véritable esprit du
décret du 25 mars.

Lorsqu'il aura été statué sur les demandes en autorisation,
et que l'ordonnance pourra être entièrement mise à exécution,
je vous en ferai donner avis.

Le Préfet de Police,
PIETRI.

VI

Ordonnance concernant la suppression du droit d'inscription dans les bureaux de placement.

Paris, le 16 juin 1857.

Nous, Sénateur, Préfet de police,

Vu les arrêtés du gouvernement des 12 messidor an VIII et 3 brumaire an IX (1er juillet et 25 octobre 1800);

Vu la loi du 7 août 1850 et celle du 10 juin 1853;

Vu le décret du 25 mars 1852, concernant la réglementation des bureaux de placement.

Considérant que, nonobstant notre ordonnance du 5 octobre 1852, rendue en exécution du dit décret, il se produisait encore dans quelques agences de placement certains abus provenant d'un droit préalable d'inscription, perçu indépendamment de tout placement;

Considérant qu'il importe d'assurer complètement la protection des classes laborieuses contre les abus exceptionnels dont il s'agit;

Attendu que, conformément aux dispositions finales de notre ordonnance du 5 octobre 1852, les arrêtés spéciaux d'autorisation restent toujours soumis aux modifications que l'administration croira devoir prescrire,

Avons ordonné ce qui suit :

Art. 1er. — Le droit d'inscription, qui pouvait être perçu en vertu de l'article 7 de l'ordonnance du 5 octobre 1852, par les bureaux de placement, est et demeure supprimé à compter de ce jour.

Art. 2. — Toute contravention aux dispositions de la présente ordonnance sera constatée et déférée à la justice.

Art. 3. — La présente ordonnance sera publiée et affichée dans le ressort de la préfecture de police.

Les sous-préfets des arrondissements de Sceaux et de Saint-Denis, le chef de la police municipale, les commissaires de police de Paris, les maires, adjoints et commissaires de police des communes rurales, la gendarmerie et les agents de la préfecture de police sont, chacun en ce qui le concerne, chargés d'en assurer l'exécution.

Le Sénateur, Préfet de Police,
PIÉTRI.

CHAPITRE II

LES BUREAUX DE PLACEMENT PRIVÉS

LEUR ORIGINE. — LEUR FONCTIONNEMENT. — CRITIQUES
AUXQUELLES ILS ONT DONNÉ LIEU.

I

En juin 1886 une croisade d'une violence inouïe fut faite
contre les bureaux de placement. Pour qu'un pareil fait ait pu
se produire, il fallait que bien des misères aient eu leur source
dans ces officines de l'offre et de la demande.

Décrire les étranges locaux où se pratique cette industrie est
inutile. Quelques citations d'un ouvrage de M. Bedinghaus [1],
à qui j'emprunterai plusieurs passages de son travail, seront
comme d'anciennes connaissances, tout cela est vrai et pris sur
le vif. Mais comme il faut toujours entendre les parties adverses,
je n'aurai garde d'oublier un ouvrage de M. de Maguin, avocat
à la Cour d'appel de Paris [2], en faveur des bureaux. Il y a
beaucoup de vrai dans cette brochure, et il est bien regrettable,
autant pour le public des travailleurs que pour les honnêtes
directeurs de bureaux, que tous ces derniers ne soient pas
aussi recommandables que ceux que défend l'honorable
avocat.

Je n'apprendrai rien de nouveau : courses sans nombre dans
des bouges ignobles où un monsieur ou une dame plus ou
moins crasseux trônent sur l'unique chaise et devant l'unique
table meublant l'unique chambre qui compose l'usine en question ; versement de 2, 3, 4 ou 5 francs ; inscription fort inutile
d'ailleurs sur un registre quelconque ; et puis, plus de nouvelles, — non pas un emploi, — mais même une lettre, un
avis, informant de l'insuccès des démarches (???) faites. Alors,
pourquoi cette première mise de fonds ? à quoi a-t-elle servi ?
à qui écrit-on ? Et, certes, les frais de ces inscriptions multiples
sont bien lourds pour le malheureux chercheur qui n'a que
deux ou trois francs dans sa poche, et qui ne sait à quelle
auberge (comme dit Mürger dans sa *Vie de Bohême*) il ira frap-

---

[1] *Petite histoire des Bureaux de placement*, par Émile Bedinghaus.
Gand, librairie J. Vuylsteke, place de la Calandre, 13. 1880.
[2] *Les Bureaux de placement autorisés devant l'opinion*, par C. A. de
Maguin, Paris, 1886, Brasseur jeune, libraire.

per pour manger et coucher le soir : peut-être à l'*auberge de la Belle-Etoile ?...*

Voilà le côté ignoble de l'industrie qui nous occupe, car rien ne garantit le chercheur de l'existence des recherches que l'on dit devoir faire pour lui ; les cinq francs ou les deux francs qu'il a versés assurent tout bonnement le beefsteak quotidien du pseudo-directeur de bureau, tandis que lui, pauvre hère, se serre le ventre. Je plains sincèrement les directeurs honnêtes et consciencieux du discrédit qu'ont jeté sur eux et leurs maisons, sur leur industrie en un mot, les forbans qui, ainsi que les Harpies, salissent tout ce qu'ils touchent ; ces êtres, fruits secs de toutes les administrations, de tous les métiers, finissent par le métier ou la profession qui touche à ce qu'il y a peut-être de plus sacré au monde : la misère.

On a voulu faire remonter bien haut l'institution des bureaux de placement ; mais toutes les assimilations et les hypothèses émises me laissent froid. Cette institution ne date guère que de 1670, et elle fut créée par le fondateur du premier journal, la *Gazette,* par le médecin Théophraste Renaudot.

J'ai sous les yeux une note qui me dit ceci :

Les auteurs anciens nous apprennent que les Romains avaient institué des *Collèges* de négociants, lesquels avaient pour but de former et de recruter les travailleurs de chaque genre d'industrie.

Depuis le règne de saint Louis jusqu'en 1581, sous le règne de Henri IV, les corporations se formèrent, s'étendirent et, sous les noms de *Jurandes* et de *Maîtrises,* remplacèrent positivement les *Collèges* établis sous les Romains.

La *Maîtrise* était le droit qu'on accordait à l'ouvrier, après cinq ans d'apprentissage, de travailler pour un patron ; la *Jurande* était le groupe des chefs de corporations et, lorsqu'on avait besoin de manouvriers, on consultait les livres d'état sur lesquels les artisans libres se faisaient inscrire.

Un édit de 1776 rendit le commerce et l'industrie libres de toute juridiction, mais on retrouve des traces de placement dans le *Compagnonnage* qui survécut à l'ancien monopole.

Le jeune compagnon faisant son tour de France recevait un tableau lui marquant l'itinéraire des villes où il pouvait séjourner ; dans chaque ville il trouvait une *Mère des Compagnons,* véritable bureau de placement où il était sûr de trouver à s'occuper.

En effet, un employé de ce bureau qu'on nommait : *le Rouleur*, allait dans chaque établissement du métier de l'arrivant et finissait toujours par le caser ; on peut trouver ces détails, au complet, dans le livre sur le *Compagnonnage*, d'Agricole Perdiguier.

Je laisse de côté tout ce qui a trait au *Compagnonnage* et à la *Mère des Compagnons*, mais je ne saurais accepter comme origine des bureaux de placement les *Collèges* romains. Les Romains connaissaient l'*esclave* et l'*affranchi*, voilà tout. C'était dans ces couches sociales que se recrutaient, non seulement les ouvriers, mais même les grammairiens, les rhéteurs, les avocats, les philosophes, les professeurs en tous genres, — et parfois les empereurs.

La création des bureaux de placement est relativement récente.

J'ai longuement parcouru le célèbre ouvrage d'*Etienne Boileau*, prévôt de Paris, publié par Lespinasse et F. Bonnardot (in-4°, 1879. Paris), intitulé : *Les Métiers et Corporations de la ville de Paris* [1] ; je n'y ai rien trouvé qui ressemblât, même de loin, à l'institution des Bureaux de placement. Voici, du reste, comment s'expriment les auteurs que je viens de nommer dans leur *Introduction*, fort savante d'ailleurs, au livre d'Etienne Boileau, relativement aux ouvriers de son époque :

« La communauté ouvrière, essentiellement exclusive, ne permettait de travailler *que dans l'atelier d'un* MAITRE. *Personne ne pouvait exercer une profession industrielle sans être incorporé dans le métier*, sans y occuper une situation définie, comme *apprenti*, comme *valet*, ou comme *maître*.

« Les ouvriers *libres* et *indépendants* n'existaient pas ; tous devaient se soumettre aux ordres d'un Prud'homme, chef d'atelier. Cependant, le *valet* (ou *varlet*, ou *compagnon*) pouvait gagner de quoi s'établir et prendre apprenti. Quand la veuve d'un maître se remariait avec un valet, celui-ci conservait la maison de l'ancien maître.

---

[1] Boileau, ou Boilesve, ou Boylesve, prévôt de Paris, naquit vers 1200 et mourut en 1269.

« Malgré sa situation subordonnée, le valet comptait donc pour quelque chose dans l'administration du métier ; les maîtres, reconnaissant les services et la sagesse de leurs ouvriers, les traitaient en confrères, les admettaient aux réunions de la communauté, et les acceptaient même pour jurés. En somme, la fonction de valet, au XIII° siècle, était, sauf les difficultés de la maîtrise, au moins égale à celle de l'ouvrier contemporain. »

Donc, ne nous attardons pas à des recherches historiques qui, en l'espèce, ne nous donneraient rien de sérieux, et allons tout droit au fameux Théophraste Renaudot, le véritable créateur des Bureaux de placement.

Je puise les documents qui le concernent dans l'*Histoire politique et littéraire de la presse en France*, par Eugène Hatin (Paris, 1859, 2 vol. in-8°).

II

Théophraste Renaudot, médecin, vint à Paris, dans les premières années du xviie siècle. Il était né à Loudun en 1584 ; il avait d'abord étudié la chirurgie à Paris, et était allé ensuite se faire recevoir docteur à Montpellier. Il voyagea ensuite plusieurs années et, revenu à Loudun, il y exerça la médecine avec un succès si considérable que sa réputation s'établit dans tout le Poitou et les contrées voisines. En 1612 il revint pourtant à Paris et obtint, dès son arrivée, le titre de médecin du Roi. Richelieu, qui le distingua bientôt, lui donna l'office de commissaire général des pauvres valides et invalides du royaume.

Soit par un sentiment d'humanité, soit par calcul, — et c'était certainement plutôt par calcul, — il donnait gratuitement aux pauvres ses soins et ses *médicaments chimiques* fabriqués par lui-même ; il s'était ainsi fait une spécialité des secours à distribuer gratuitement aux pauvres malades : il était déjà le prédécesseur du « *Petit manteau bleu* », mais à un tout autre point de vue, comme on le verra tout à l'heure. Il visait à la création d'une industrie qui devait lui rapporter de gros bénéfices, et il en créait ainsi les bases sous le couvert de la charité. Combien n'avons-nous pas aujourd'hui de ces œuvres soi-disant philanthropiques, qui n'ont d'autre but que de remplir la caisse de charitables et éhontés besoigneux, entrepreneurs de fêtes de charité, de tombolas, etc., etc. ?

Renaudot créa, — toujours pour les malheureux, — le Mont-de-Piété. On y prêtait le tiers de l'estimation des objets, moyennant 3 0/0 d'intérêt et un léger droit d'enregistrement. Toutefois, les dépôts devenaient la propriété du prêteur s'ils n'étaient pas retirés à l'époque déterminée.

Il établit ensuite, sous le nom de *Bureau d'adresses et de rencontre*, un centre où se réunissaient les personnes qui cherchaient à connaître l'adresse de quelqu'un, la solution d'une question, un terrain ou un fonds, à vendre ou à acheter, etc., etc.

Sur des registres spéciaux on prenait inscription des offres
et des demandes. Des nouvellistes y venaient aussi conférer et
s'informer.

Au tome XXII du *Mercure français* voici comment s'exprime
Renaudot sur les bienfaits et les commodités de son Bureau
d'adresse et de rencontre :

« Pour ce que l'établissement du Bureau d'adresse, fonde-
ment cettuy-cy, des Gazettes, conférences, et autres belles
institutions qui s'y sont faites et se font journellement, au
grand contentement du public, pourra possible sembler à plusieurs, digne que l'histoire en marque le commencement, qui
n'a pas été remarqué d'ailleurs. »

Il cite ensuite Montaigne (XXXIVe chapitre des *Essais*) :

« Feu mon père, dit le sieur de Montaigne, homme, pour
n'être aidé que de l'expérience et du naturel, d'un jugement
bien net, m'a dit autrefois qu'il avait désiré mettre en train
qu'il y eut ès-ville, certain lieu désigné auquel ceux qui auraient besoin de quelque chose se pourraient adresser, et faire
enregistrer leur affaire à un officier établi pour cet effet. Comme
je cherche à acheter des perles, je cherche des perles à vendre ;
tel veut compagnie pour aller à Paris ; tel s'enquiert d'un ser-
viteur de telle qualité ; tel d'un maître ; tel demande un ouvrier ;
qui ceci, qui cela, chacun selon son besoin. Et semble que ce
moyen de nous entravertir apporterait non légère commodité
au commerce public. Car à tous coups il y a des conditions qui
s'entrecherchent et, pour ne s'entendre, laissent les hommes
en extrême nécessité.

« J'entends avec une grande honte de notre siècle qu'à
notre vue deux excellents personnages en sçavoir sont morts
en état de n'avoir pas leur saoul à manger : *Lilius Giraldus*,
en Italie ; *Sebastianus Castalio*, en Allemagne, et crois qu'il y
a mille hommes qui les eussent appelés avec de très avanta-
geuses conditions, ou les eussent secourus où ils étaient, s'ils
l'avaient su, etc., etc. »

A son tour, Renaudot développe un certain nombre de beaux
arguments en faveur de son *Bureau d'adresses et de rencontre*.
En voici qui ne sont pas dépourvus de charme :

« Pour exemple, je cherche à donner à ferme une terre; un autre cherche à prendre une terre à ferme. Faute de s'entre-connaître, il ne se passe point de bail; le seigneur direct en est plus mal payé de ses devoirs; le propriétaire, incommodé; le fermier demeure sans emploi; le notaire ne passe point d'instrument; le proxénète n'a point le pot de vin; la terre n'est point du tout ou mal cultivée. Conséquemment, l'héritage en décadence; moins de fruits, moins d'occupation pour les hommes de labeur, et moins d'ouvrages et de manufactures pour toutes sortes d'artisans servant au labourage, vêtements et nourriture de ceux que l'oisiveté appauvrissante empêche de pouvoir acheter; et possible encore moins de pouvoir s'exercer à ceux qui vivent des affaires d'autrui, lesquelles se multiplient par les négoces, comme elles se diminuent faute d'iceux.

« Car qui est-ce qui ne voit pas que plus il se passe d'affaires entre les particuliers, et plus les solliciteurs, les procureurs, les avocats, les juges, voire les plus éloignés de telles considé-rations, y trouvent néanmoins de quoi maintenir avec hon-neur la dignité de leur charge, qui, sans cet emploi, devien-drait un titre inutile et sans respect, vu la malice du siècle, qui n'estime que ceux qui lui sont nécessaires ?... »

Cette institution fut accueillie avec enthousiasme, et de tous les coins de la France affluèrent, au Bureau, des renseigne-ments et des demandes de renseignements. Comme il était très lié avec le célèbre généalogiste d'Hozier, lequel lui communi-quait la volumineuse correspondance qu'il recevait de tout le royaume pour ses travaux, Renaudot était l'homme le mieux informé de Paris. Et comme il continuait toujours ses visites et ses soins aux malades, il faisait copier à la main les anec-dotes plaisantes, les aventures drolatiques, etc., que recueil-lait en masse le Bureau, et les donnait à ses malades pour les égayer. Ces *Nouvelles à la main* eurent un tel succès qu'il songea dès lors à les faire imprimer. Et le premier JOURNAL naquit : la *Gazette*.

Nous avons dit que Renaudot avait eu la singulière idée de prétexter l'exercice de la charité pour motiver son invention. Dans une brochure qu'il écrivit, en réponse aux nombreuses attaques dont il était l'objet, il s'étend longuement sur ce sujet, parlant du soulagement qu'on doit aux misérables, exaltant la souveraine miséricorde et bonté de Dieu, etc., etc. Cette brochure a une dédicace de plusieurs pages, adressée à « Haut et puissant seigneur Monseigneur Amador de la Porte, chevalier de l'Ordre de Saint-Jean de Jérusalem, etc., etc. », et suivie d'une préface dans laquelle Renaudot explique le mécanisme du Bureau d'adresses, et une longue apologie de la charité (toujours !), ainsi que l'utilité du Bureau pour les étrangers, les maltôtiers, maheultres, vagabonds, pieds-plats, goujats de toute farine qui inondent Paris : « Cette ville qui semble être le païs commun de tout le monde, sous l'espérance de quelque advancement, qui se trouve ordinairement vain et trompeur ; car, ayant dépensé le peu qu'ils avaient en paiement des bienvenues et autres frais inutiles auxquels les induisent ceux qui promettent de leur faire trouver employ, et autres débauches qui s'y présentent d'elles-mêmes auxquelles leur oysiveté donne un facile accez, ils se trouvent accueillis de la nécessité avant qu'avoir trouvé maistres : d'où ils sont portés à la mendicité, aux vols, meurtres et autres crimes énormes ; et, par les maladies que leur apporte en bref la disette, infectent la pureté de notre air et surchargent tellement, par leur multitude, l'Hostel-Dieu et les autres hospitaux que, nonobstant tout le soing qu'on y apporte, ils peuvent véritablement dire que le nombre les rend misérables. *Au lieu qu'ils pourront désormais, une heure après leur arrivée en cette ville, venir apprendre au Bureau s'il y a quelque employ ou condition présents, et y entrer beaucoup plus aisément qu'ils ne feraient après avoir vendu leurs hardes ; ou, n'y en ayant point, se pourvoir ailleurs.* »

C'était assez rationnel.

La brochure continue par l'énumération des ordonnances, décrets, brevets, privilèges, lettres de confirmation, etc., etc., obtenus du roi par Renaudot pour son Bureau.

Puis, arrive le « Sommaire des chapitres de l'inventaire des adresses du Bureau ou Table de rencontre, où sont contenues les matières desquelles on y peut donner ou recevoir advis. »

L'énumération est divisée en trois livres comprenant ensemble soixante-trois chapitres. Tout le livre premier, composé de vingt-un chapitres, se compose de divagations mystiques sur les pauvres, le soin des malades, les bons avis qu'on

doit leur donner, *selon saint Bernard*, etc. Les deux autres
livres traitent enfin des genres de renseignements dont le
public peut avoir besoin.

Au livre second je relève les en-têtes ci-après des chapitres II, III et IV :

« II. — A cette mesme fin on y tiendra roolle des maistres
d'apprentissage qui chercheront des apprentifs, et des conditions auxquelles ils les voudront prendre. Et pareillement des
apprentifs qui chercheront maistres pour estre instruiz en
toutes sortes d'arts et mestiers, contenant la somme qu'ils
voudront payer pour apprendre leur mestier, où seront em-
ployez séparément ceux qui voudront s'obliger, ou qu'on
s'oblige à eux pour longues années avec peu ou point de pen-
sion. Comme aussi sera tenu registre à part des compaignons
et ouvriers de toutes sortes qui désirent entrer en boutiques,
et des maistres et bourgeois qui en ont affaire.

« III. — L'un des principaux buts de cette institution estant
de donner à toute personne un employ sortable à leur qualité,
ce lieu sera distingué en autant d'articles qu'il y a de conditions différentes de personnes qui demandent cet employ ou
qui en ont affaire : soit de chappelains et aumosniers, escuyers
et gentilshommes suivants ; secrétaires, maistres d'hostels ;
gouverneurs et praecepteurs d'enfants pour la maison, l'aca-
démie ou le collège ; solliciteurs susdits ; valets de chambre ;
clercs ou copistes.

« IV. — Soit de : 1° cuisiniers ; 2° fruitiers et confituriers ;
3° sommeliers ; 4° blanchisseurs ; 5° carrossiers ; 6° postillons ;
7° palefreniers et valets d'estable ; 8° vadepied et laquais ;
9° et aultres services quelconques. »

Plus tard, le Bureau d'adresses périclita sous les successeurs
de Théophraste Renaudot, après avoir rapporté à ce dernier
d'opulents bénéfices. On n'en trouve plus aucune trace dans la
dernière moitié du xviie siècle ; il était déjà séparé de la
Gazette, tombée en d'autres mains. En 1702, dit le Dictionnaire
de Trévoux, il fut rétabli, et on le voit en effet fonctionner,
en 1703, au bout du Pont-Neuf, au coin du Carrefour de

l'Etoile, en face de la Samaritaine. En 1716, il était tenu par Dugone, le prétendu inventeur des *Petites Affiches*, tout bonnement inventées par Renaudot : car le Bureau d'adresses avait fondé la *Gazette*, qui n'était autre chose qu'un journal d'affiches pour Paris, la province et l'étranger.

Je renvoie le lecteur aux annexes de cet ouvrage pour compulser la législation particulière des Bureaux de placement actuels, depuis le 20 pluviôse an XII jusqu'à nos jours ; je craindrais de le fatiguer inutilement en me livrant ici à une aride analyse de ces divers documents.

Voici maintenant, avant de mettre en présence le pour et le contre de l'existence, et de l'honnèteté ou de la malhonnèteté des bureaux de placement, ce qu'en dit la « GRANDE ENCYCLOPÉDIE, *inventaire raisonné des sciences, des lettres et des arts, par une Société de savants et de gens de lettres.* »

BUREAUX DE PLACEMENT. — Agence particulière se chargeant, moyennant rétribution, de procurer des places aux employés, ouvriers et domestiques. Cette industrie est réglementée par un décret du 25 mars 1852, aux termes duquel une permission spéciale, qui ne peut être accordée qu'à des personnes d'une moralité reconnue, est exigée pour la tenue d'un bureau de placement. Le maire (à Paris, le commissaire de police) surveille ces établissements pour assurer le maintien de l'ordre et la loyauté de la gestion ; il peut prendre des arrêtés à cet effet et régler le tarif des droits à percevoir par le gérant.

L'ouverture d'un bureau sans autorisation et les infractions aux règlements municipaux sont punis d'une amende de 1 à 15 fr., et d'un emprisonnement de 5 jours au plus, ou de l'une de ces deux peines seulement. Le maximum des deux peines est toujours appliqué au contrevenant lorsqu'il a été prononcé contre lui, dans les douze mois précédents, une première condamnation pour contravention au décret de 1852 ou aux règlements précités. Ces peines sont indépendantes des restitutions et dommages-intérêts auxquels donneraient lieu les faits imputables aux gérants ; elles peuvent être atténuées en cas de circonstances atténuantes. L'autorité municipale a la faculté de retirer la permission lorsque le gérant encourt certaines condamnations, notamment la privation des droits civils et politiques. Les retraits de permission et les règlements sur la gestion ne sont exécutoires qu'après l'autorisation préfectorale. A Paris, le Préfet de Police est chargé de la surveillance des bureaux de placement ; une ordonnance de police du 5 octobre 1852 réglemente les conditions de leur ouverture et de leur tenue. Elle permettait de percevoir un droit d'inscription qui ne devait pas dépasser cinquante centimes ; ce droit a été supprimé par l'ordonnance du 16 juin 1857. La réglementation a laissé subsister la plupart des abus qui avaient été signalés avant 1852, et plusieurs propositions de loi, sur lesquelles le Parlement n'a pu encore statuer, tendent à l'abrogation du décret de 1852. L'institution des *Syndicats professionnels* et celle des *Bourses du travail* faciliteront sans doute dans l'avenir le placement des ouvriers et employés sans emploi (L. Pasquier).

Une vive agitation a été commencée, en juin 1886, par les garçons de café, les garçons marchands de vin et les garçons coiffeurs, pour réclamer des pouvoirs publics la suppression des bureaux de placement. Le mouvement eut pour prétexte des désordres assez graves qui se passèrent dans un bureau de placement de la rue Chénier. Des bandes de garçons de café parcoururent Paris et, sur divers points, notamment rue Saint-Denis, rue Française, rue Montorgueil et dans les rues voisines des Halles, les plaques des placeurs furent arrachées et plusieurs bureaux pillés. La police opéra un certain nombre d'arrestations. A la suite de ces incidents, plusieurs réunions eurent lieu, et une Chambre syndicale de garçons de café et garçons marchands de vin ne tarda pas à se constituer. On s'adressa d'abord à la Chambre, mais on n'obtint pas même de réponse favorable. Au Conseil municipal de la Ville de Paris, l'accueil fait aux revendications formulées par les manifestants fut beaucoup meilleur et, sur la proposition de M. Mesureur, par 67 voix sur 71 votants, fut adopté un vœu tendant à réclamer, des pouvoirs publics, la suppression des bureaux de placement. Le vœu fut annulé, mais les membres de la Chambre syndicale ne se découragèrent pas, et ils prirent l'initiative d'une pétition qui, adressée aux députés de la Seine, réunit en un mois plus de 30,000 signatures.

Rien ne fut obtenu, alors les manifestations, les promenades sur la voie publique, les envahissements et les pillages des bureaux recommencèrent. Les garçons coiffeurs s'étaient joints au mouvement, et leur bureau de la rue Villedo ne fut pas plus épargné que ceux de la rue Saint-Honoré, de la rue du Roule, de la rue Saint-Martin, etc. Les manifestants s'en prirent aussi à certains cafés refusant de demander leur personnel à la Chambre syndicale et imposant à leurs employés une prime journalière trop forte. Les dégâts furent sérieux au café du Delta, au café du Danemark, au Divan oriental, au café Américain (place du Château-d'Eau). Le café de la Paix ne dut d'être préservé qu'à la protection de plus de 150 agents de police. Il y eut nombre d'arrestations. Ces faits se passaient vers le milieu de l'année 1888. Brusquement, au mois d'octobre de la même année, les manifestations sur la voie publique cessèrent, et l'on pouvait croire les esprits apaisés, au moins pour quelque temps, quand des explosions de dynamite dans les bureaux de placement de la rue Beauregard et de la rue Française vinrent prouver que la question n'avait rien perdu de son acuité. Il n'y eut heureusement que des dégâts matériels, mais ils furent considérables. Le 5 décembre 1888, une nouvelle tentative d'explosion était dirigée contre le bureau de placement du n° 103 de la rue Saint-Denis. Cette fois, l'engin destructeur était tellement effroyable que, s'il avait éclaté, deux ou trois maisons au moins se seraient écroulées.

Les 18, 19 et 20 décembre 1888, sur l'ordre de M. Athalin, juge d'instruction, des perquisitions étaient opérées chez une quarantaine d'anarchistes, notamment chez MM. Tortelier, Cavé, Espagnac, Lutz, Louvet, Chaviron, etc., mais aucune découverte sérieuse n'était facile. Les diverses enquêtes ouvertes

7

par la police n'avaient amené, à la fin de 1888, aucun résultat appréciable. Il avait même fallu abandonner la plupart des pistes suivies et relâcher les personnes primitivement arrêtées. Il est juste de reconnaître que la Chambre syndicale des garçons de café s'efforçait de dégager sa responsabilité des attentats dont il vient d'être parlé, et déclarait hautement n'attendre rien que de l'association de la loi et de la propagande pacifique. (A. Crié.)

III

Parlons maintenant de la « *Petite histoire des Bureaux de placement* », de M. Émile Bedinghaus. Les extraits nombreux que je vais en donner expliqueront les motifs de l'acharnement de plusieurs classes d'employés et d'ouvriers contre cette institution. Je donnerai ensuite le plaidoyer de M. de Maguin pour cette dernière.

« Il existe une catégorie d'industriels qui vivent de la misère d'autrui, comme les chercheurs d'épaves vivent des naufragés, comme le fossoyeur vit des morts. Ces industriels tirent leurs revenus de ceux qui n'ont pas de pain, se logent grâce à ceux qui n'ont pas de toit pour abriter leur tête, prospèrent grâce à des gens réduits aux abois.

« Ils spéculent sur ces deux sentiments diamétralement opposés, qui se mêlent parfois si étrangement dans l'âme humaine : le *désespoir* et l'*espoir*.

. . . .

« Le commerce est assiégé à tous les degrés de la hiérarchie. Gérants, caissiers, correspondants, accourent en foule à la moindre perspective d'une vacance, nombreux comme les étoiles du firmament. Un emploi de comptable aux émoluments faméliques de douze cents francs est considéré comme un port de salut. Les simples employés de commerce défient la statistique ; c'est un grouillement, un fourmillement. Tout cela doit vivre, tout cela veut des places. Des places !... Des places !... C'est comme un murmure profond qui s'élève au-dessus de la foule houleuse des grandes cités. Et plus on s'entasse dans ces enceintes, plus ce cri devient pressant et impérieux. Pour ceux qui cherchent une place, c'est-à-dire qui demandent à leurs aptitudes, à leurs capacités, des moyens de subsistance en

dehors d'une profession manuelle, il n'y a que trois chemins
pour aboutir : Être recommandé dans une bonne maison ou à
une personne influente ; faire insérer des demandes d'emploi ;
ou, enfin, s'adresser aux *bureaux de placement*.

. . . . , ...

« Or, *les demandes et offres d'emploi*, dans les journaux,
sont presque entièrement prises par les miroirs à alouettes,
dont nous parlerons plus loin.

. . . .

« Supposons donc un homme (*le placeur*) qui dit aux patrons, aux maisons, aux maîtres : « Venez me trouver si vous
avez besoin d'employés : j'en tiens un choix varié à votre
disposition. » Et aux chercheurs d'emplois : « Versez une
petite somme entre mes mains, et je vous mettrai en rapport
avec des personnes qui accepteront vos services. » Voilà
l'intermédiaire trouvé.

« Quand on se promène à Paris, dans certaines rues des
quartiers commerçants et populaires, rue Montmartre et Fau-
bourg-Montmartre par exemple, rue Saint-Denis et Faubourg-
Saint-Denis, on remarque une exposition d'un genre particulier : presque à chaque porte sont accrochées des plaques en
tôle peintes en rouge. Sur ces plaques sont collées des bandes
de papier qui portent, écrits à la main, les avis suivants :

« *Demande : un caissier, trois employés, une gérante, deux
dames pour voyager, etc., etc.*

« Souvent le chiffre des appointements est indiqué. Alors
les bandes de papier, véritables sirènes, tirent l'œil du passant
par cette prose alléchante : *Demande : gérant, 6,000 ; caissier,
3,600 ; employé, 2,400 ; travail facile. Secrétaire particulier,
6,000 ; table.*

« Supposons maintenant un pauvre diable aussi honnête
qu'affamé, aussi plein de naïveté que de talents, voyant luire
devant ses yeux assombris cette plaque radieuse... Mais c'est
le ciel ouvert ! c'est l'Eldorado au bord du trottoir ! c'est la
voile à l'horizon du radeau de la *Méduse !* C'est la planche de
salut.

« Le pauvre diable se hâte d'entrer ; il regarde derrière lui,
craignant déjà d'être suivi par une foule de compétiteurs et
de rivaux. Mais, ô hasard heureux : personne ! Quoi, la foule
n'inonde pas cette allée ? non, elle est déserte, et aussi sale

qu'obscure. L'escalier renchérit encore ; c'est un four ; on n'y voit goutte et c'est en tâtonnant qu'on arrive jusqu'à la porte soigneusement indiquée sur la plaque. Cette porte est décorée généralement d'une plaque noire sur laquelle sont peints en lettres dorées ces mots prosaïques :

BUREAU DE PLACEMENT

« On parvient à les lire lorsque la porte, s'ouvrant, une lueur avare se répand sur le palier. Le naïf qui, là-bas, sur le trottoir, croyait toucher à la fortune, pénètre dans une petite antichambre moisie, sombre, qui donne sur le sanctuaire où se distribuent les belles positions, les postes lucratifs, les grasses sinécures. Une table chargée de papiers en désordre, et quelques chaises de paille, d'une propreté douteuse, composent l'ameublement. Derrière cette table se tient un homme d'un aspect indescriptible. C'est quelque chose de compliqué qui tient du failli et du chevalier d'industrie, du patron de crémerie et du marchand d'habits. C'est quelque chose de sournois, de malpropre, de traître et de farceur tout à la fois.

« C'est devant cette personnalité que comparaît le naïf chercheur d'emploi avec toute sa misère et sa candeur.

« — Que désirez-vous, Monsieur?

« — Monsieur, je désirerais une place de gérant le plus vite possible. Celle qui est indiquée en bas, sur votre plaque, aux appointements de 6,000 francs, me conviendrait fort.

« — Ce serait avec plaisir, Monsieur, mais nous venons de la donner, il n'y a pas une demi-heure. Si vous étiez venu quelques minutes plus tôt...

« — Alors je me décide pour celle de secrétaire particulier, ce sont les mêmes appointements. J'ai une belle écriture et je suis bachelier.

« — Parfaitement ; mais ce matin même nous avons reçu une lettre du *château* qui nous demande le secrétaire (tenez, la voici), et l'on nous avertit qu'on est en pourparlers avec un charmant jeune homme, très distingué, que nous y avons envoyé.

« — C'est bien malheureux.... pour moi. Eh ! bien, soit ! je me ferai caissier. Vous avez une place de caissier à 3,600 francs ?

« — Nous en avons plusieurs. Mais êtes-vous comptable?...

« — Je sais l'arithmétique.

« — Nous n'en doutons pas, mais cela ne suffit pas. Vous venez de dire que vous êtes bachelier ?

« — Eh ! bien, après? Je suis bachelier ès-sciences et ès-lettres. Je sais l'algèbre.

« — L'algèbre? C'est bon pour un épicier ! Cela n'ira jamais. Nous n'envoyons aux adresses, Monsieur, que des sujets qui réunissent toutes les qualités demandées, nous sommes *excessivement* (l'homme pèse de tout son poids sur la syllabe *ex*) scrupuleux sur cet article. Il nous faut des spécialités, car ce serait discréditer notre maison que d'envoyer aux adresses la première personne venue.

« — Il y a encore une place d'employé sur votre plaque, reprend timidement le candidat. Puisque ce sont des travaux faciles, je pourrais peut-être...

« — Peut-être, répond l'homme d'un ton plein de morgue. Cela dépend. Voulez-vous que je vous inscrive?

« — M'inscrire ? Où?

« — Sur mon registre. Vous me donnerez votre nom, votre âge, votre lieu de naissance, votre adresse et vos qualités (lisez capacités). J'écrirai pour vous mettre en rapport avec la maison, et je vous communiquerai sa réponse.

« — Je veux bien.

« — Alors, c'est six francs pour l'inscription.

« — Six francs?... Mais... je ne les ai pas?...

« — Alors, Monsieur, dit l'homme avec un regard d'indignation et de mépris à l'adresse du candidat, il est inutile d'aller plus loin. Au revoir.

— « Mais, Monsieur, plaide le chercheur d'emploi, je vous paierai dès que j'aurai la place... Je vous donnerai, tenez, je vais m'y engager par écrit, je vous donnerai tout mon premier mois d'appointements !

— « N'insistez pas, Monsieur, dit l'homme avec dignité. Notre maison a une règle dont elle ne se départit jamais. Vous m'offririez mille francs comptant, *après placement,* que je ne vous donnerais pas cette adresse.

« Il n'y a pas de danger que le candidat tente l'intégrité de ce Caton par une offre aussi éblouissante. Aussi, il reste incrédule. Mais s'il pouvait sonder les plus secrètes pensées du per-

sonnage assis devant lui, penché sur un registre gras et taché
d'encre, il le croirait sans difficulté : mille francs ne pourront
lui faire donner une adresse qu'il n'a pas et qui n'existe nulle
part, pas même dans le Bottin.

— « Eh ! bien, Monsieur, dit le candidat, je vais tâcher de
me procurer la somme que vous me demandez.

— « C'est bien, mais dépêchez-vous ! Car je ne peux vous
assurer que la place sera encore libre demain.

— « Je me dépêcherai, répond l'autre, et il court tout d'une
haleine emprunter les six francs ou mettre un objet quelconque
au Mont-de-Piété. Le lendemain il est inscrit. Il se réjouit et
attend, plein de confiance, l'avis de la *Maison de Placement*.
Mais rien ne vient. Les jours passent. Il revient au bureau. Là,
il apprend que, par un malheureux hasard, son offre est venue
trop tard de quelques heures, — de quelques heures seulement ! Ce que c'est que la fatalité ! Qu'il patiente. Le Bureau
de placement s'occupera de lui. On verra ailleurs. Il est inscrit,
n'est-ce pas ?... Et par ce seul fait du versement de la minime
somme de six francs, il a droit à toutes les brillantes places
qui se présenteront, jusqu'à ce qu'il soit casé.

« Mais les mois s'écoulent et rien ne se présente, quoique,
chose étrange, *la plaque rouge offre toujours le même choix
varié de positions magnifiques*. L'attente use l'espoir. La lassi-
tude s'empare du candidat qui, comme sœur Anne, ne voit
rien venir.

« Voilà le Bureau de placement en théorie et en pratique.
En théorie, rien de plus utile, dirait-on ; surtout dans les capi-
tales, où il importe de rapprocher les offres et les demandes
d'emplois. En pratique, rien de plus détestable. Le Bureau de
placement a fait, au commencement de son existence, des
affaires d'or. Il se faisait payer à la fois par les maîtres et par
les sujets, par les chercheurs d'employés et les chercheurs
d'emplois. C'était le bon vieux temps.

. . . .
« Les choses ont changé depuis. Aujourd'hui, aucun commerçant, aucun chef de maison, aucun industriel qui se res-
pecte ne veut avoir affaire aux Bureaux de placement. Ils
n'en ont d'ailleurs pas besoin : ils trouvent si facilement leur
monde !

« De leur côté, les *sujets*, — pour nous servir de l'expres-

sion technique, — qui ont plusieurs années de services, ont
trop d'expérience pour s'adresser aux Bureaux de placement,
lorsque, pour une raison ou une autre, ils se trouvent sans
emploi. Leurs bonnes recommandations, leurs relations, la
camaraderie, leur viennent alors en aide, et ils vont se présenter personnellement aux chefs de maison.

« Il ne reste donc plus, pour se faire prendre au filet du
Bureau de placement, que le menu fretin : des nouveaux
venus, de jeunes provinciaux, des étrangers, des gens tarés
qui se caseront n'importe où, n'importe comment, des malheureux qui ne connaissent personne sur le pavé de la grande
ville où ils sont venus chercher du travail, et où ils mangent,
avec l'angoisse du désespoir, leur dernier morceau de pain.

. . . .

« Mais hélas ! tout n'est pas rose dans cet agréable métier !

« Il arriva un jour, — jour néfaste dans l'histoire des Bureaux de placement, — que la police se mêla de leur petite
industrie et édicta un règlement par lequel ils étaient obligés
de rendre l'argent aux personnes non pourvues d'un emploi
après avoir versé leur inscription.

« RENDRE L'ARGENT !... C'était épouvantable ! c'était insensé !

« Toutefois, il fallut se soumettre et passer par ces Fourches
Caudines. La police ne plaisante pas. Désormais, quand on
était las de se faire envoyer de Ponce à Pilate, quand on était
las d'attendre sous l'orme et de courir après un emploi qui
fuyait comme un feu follet, on avait le droit de dire au directeur du Bureau de placement : Monsieur, veuillez avoir l'obli-
geance de me rendre mes frais d'inscription, car je vois bien
que je n'aurai jamais de place par votre intermédiaire.

— « Mais, Monsieur, nous avons dépensé pour vous, *en frais
de correspondance*, plus que le montant de votre inscription ?...

— « Cela ne me regarde pas. Je ne suis pas pourvu ; j'ai le
droit de réclamer mon argent, en vertu du règlement de police
qui s'étale contre le mur, au-dessus de votre tête.

« Ici le placeur grince des dents et s'exécute ; il voit trop
bien qu'il faut rendre gorge. Cependant, cela ne se passe pas
toujours ainsi. Un grand nombre de dupes ignorent le règlement de police et laissent leur argent ; d'autre part, il y a des
directeurs qui ne le rendent qu'à la dernière extrémité.

« Un directeur de Bureau de placement du Faubourg Montmartre avait ainsi mené de Pâques à la Trinité un homme qui demeurait à l'autre bout de la ville, et qui, n'ayant pas le moyen de dépenser six sous d'omnibus, était obligé de faire un véritable voyage chaque fois qu'il allait voir son placeur. L'homme avait versé son inscription ; le besoin le talonnait. Il avait d'ailleurs des capacités multiples. Le placeur n'avait jamais rien : les emplois étaient rares en ce moment ; tout était encombré ; enfin, on verrait...

« Le Bureau de placement ne donnait plus signe de vie. Il semblait qu'il n'existât plus.

« Le chercheur d'emploi était à bout de ressources. Il se leva un beau matin sans savoir comment il mangerait ce jour-là. Il se souvint tout d'un coup des dix francs qu'il avait versés dans la caisse du placeur. Il résolut d'aller les réclamer.

« Le placeur le reçut comme d'habitude avec le sourire stéréotypé sur le masque de tous ses pareils, et commença à lui débiter son boniment défraîchi par un long usage : *il n'y avait rien pour le moment ; un peu de patience ; demain peut-être on trouverait quelque chose...*

— « Oui, mais mon estomac ne peut pas attendre, répondit le malheureux chercheur d'emploi. Voilà où m'a mené votre maison de confiance! Je suis à bout de patience et de ressources, et je viens réclamer mon argent.

« En entendant ces paroles menaçantes, le directeur devint sérieux. Il regarda son client le plus fixement qu'il put, — il était louche, le placeur, — et il lui dit :

— « Vous plaisantez?... mes frais, démarches et correspondances pour vous placer ont été considérables. Est-ce ma faute si je n'ai pas réussi?...

— « Ce n'est pas la mienne non plus, dit l'homme, rendez-moi mon argent !

— « Mais vous êtes impossible à placer! s'écria le directeur en colère. Vous ne trouverez jamais de place nulle part !

— « Aussi longtemps que je me laisserai mener par vous, certes, non, répliqua l'autre. Voyons, je n'ai pas le temps de vous écouter et de vous répondre. En voilà assez. Encore une fois, remboursez-moi!

— « Vous me laisserez au moins la moitié pour m'indemniser de mes peines et de mon temps perdu? insista le directeur.

— « Pas un liard. D'ailleurs, je ne puis pas; je n'ai pas le sou. Rendez-moi mon versement intégral, ou je vais de ce pas trouver le commissaire de police.

« A ce mot magique le directeur tira de la poche de son pantalon un porte-monnaie graisseux, à fermoir de cuivre, et se mit à fouiller dans cet objet tout en invectivant son client, qu'il traitait de sangsue, de va-nu-pieds, de misérable. L'autre, insensible à ses injures, tenait ses yeux rivés sur le porte-monnaie. Il n'avait qu'une crainte : c'est que le placeur ne fût pas en état de le rembourser, ce qui n'eût guère été étonnant.

« Par un bonheur providentiel, il se trouva que la bourse contenait les dix francs réclamés. Le pauvre homme les ramassa, aussi heureux que s'il venait d'obtenir un emploi. Mais le placeur, furieux, le suivit jusqu'à la porte, en vomissant un torrent d'injures, et, tout en lui jetant violemment cette porte au nez, il manqua de lui écraser quatre doigts.

« Voilà de quelles circonstances s'accompagne parfois, dans les Bureaux de placement, l'exécution des règlements de police.

« Il fallait à tout prix éviter ces scènes pénibles — pénibles surtout pour la caisse du directeur. Il fallait trouver le moyen d'encaisser autant, même plus, qu'autrefois, *et de ne plus rendre l'argent*. En un mot, il s'agissait d'éluder cet article funeste du règlement de police, en vertu duquel les malheureux placeurs étaient forcés de rendre gorge. Ils ne furent pas longs à trouver le truc.

« Pour le peindre dans toute sa beauté native, il suffira de reproduire une lettre émanant d'une maison de placement qui a su mettre ses intérêts à l'abri du règlement de police. Cette lettre est adressée à une personne qui avait écrit à la maison pour la prier de lui chercher un emploi, et qui lui avait demandé de fixer le chiffre de l'inscription. La voici :

« MONSIEUR,

« En réponse à votre honorée du 10 courant, d'après le style de laquelle (sic) je vois que vous ignorez notre genre de procéder, il me semble utile de vous l'expliquer.

« Notre administration, fondée dans le but spécial *de remplir les avantages trop peu suivis par les agences de placement*, exerce spécialement pour détruire *ceux-ci* en combattant leur système onéreux pour les personnes à la recherche d'un emploi, et tient à renseigner celles-ci sans qu'elles aient aucune rétribution à nous payer une fois placées.

« Cette méthode consiste *à publier* un journal paraissant tous les deux jours, contenant la liste des emplois vacants, avec l'adresse des maisons à la recherche d'un personnel.

« Par ce moyen, nos abonnés correspondent directement avec ces maisons *demanderesses* et s'entendent facilement, sans avoir, je vous le répète, aucune rétribution à nous donner une fois arrivés à leur but. En conséquence, veuillez ne pas confondre notre maison avec les Bureaux de placement dont elle diffère sous tous les rapports, *tout en* atteignant des résultats plus satisfaisants. Je *laisse* notre manière d'opérer à votre juste appréciation, et j'ose espérer que cette appréciation nous sera favorable.

« L'abonnement se fait au moyen d'un mandat-poste de 7 francs à l'adresse personnelle de M. Gr..., directeur-gérant, et aussitôt sa réception il sera procédé à l'envoi du journal. »

« Nous avons reproduit dans toute sa splendeur ce chef-d'œuvre qui dépeint, un peu longuement peut-être, le truc inventé par les Bureaux pour ne plus rendre l'argent. C'est à la fois simple et grand. On s'abonne. Cet abonnement n'est jamais moindre que cinq francs par mois, et varie jusqu'à dix.

« L'heureux abonné reçoit alors, deux ou trois fois par semaine, une feuille de papier, format correspondance commerciale, mince et transparent comme du papier à cigarettes. Les deux côtés extérieurs de cet étonnant journal qui est, non pas imprimé, mais *autographié*, sont couverts d'Avis aux abonnés (?), l'intérieur contient cinq ou six annonces apocryphes ; si, parfois, il s'y mêle une annonce vraie, elle est empruntée aux journaux que tout le monde lit, et où le chercheur d'emploi pouvait les trouver aussi bien que le directeur-gérant du journal d'annonces.

. . . .

« Le nombre de ces soi-disant journaux d'emplois étant considérable, il arrive qu'ils s'empruntent leurs annonces les uns aux autres, et reproduisent avec un ensemble comique le mensonge éclos dans l'un d'entre eux. Dans ce cas, le chercheur d'emploi qui vient demander l'adresse à son journal se voit renvoyé à un autre journal qui lui demande préalablement de s'abonner, s'il veut obtenir l'adresse. Et c'est ainsi que les Bureaux de placement jonglent avec les malheureux chasseurs d'emplois et les renvoient de l'un à l'autre, comme les joueurs au volant se renvoient celui-ci d'un coup de leur raquette.

« Cependant les Bureaux de placement, fondés sur des journaux d'annonces, ne négligent pas, pour s'attirer du monde, de faire de la publicité dans les feuilles les plus répandues. Ces annonces-là sont les *miroirs à alouettes* dont il a été question plus haut.

« Nous en copions une dans le tas :

> NOUVELLISTE (suit son adresse) demande 4 gérants de 3 à 8,000 fr., 2 surveillants 2,700 fr., 6 employés aux écritures, 4 dames caissières. Emploi facile.

« L'effet est théâtral. Le lendemain de cette fallacieuse insertion, le Bureau de placement qui l'a faite est sûr de voir arriver une foule de personnes en quête d'un emploi. L'affluence est si grande que l'on s'étouffe dans l'antichambre, pendant que dans le cabinet de *M. le Directeur* se passe la scène suivante :

« Le directeur a pris, depuis le matin, un air soucieux, absorbé, imposant. De temps en temps il se passe rageusement la main dans les cheveux; il fronce les sourcils; il pose dramatiquement une main aux ongles bordés de noir sur les paperasses éparses devant lui : il plie, il est écrasé sous le poids des affaires.

« Le chercheur d'emploi, introduit, s'assied timidement sur le bord de la chaise qui lui est offerte.

— « Monsieur?... fait le directeur d'un ton moitié interrogateur, moitié hautain, en daignant soulever à demi les paupières pour envisager le client.

— « Je viens, Monsieur, m'informer au sujet de la place de surveillant que vous avez fait annoncer dans le *Petit Journal.*

— « Oh! fort bien, Monsieur. Voulez-vous me dire votre nom, car nous avons un si grand nombre d'abonnés que je n'ai pas l'honneur de vous remettre.

« Le chercheur d'emploi donne son nom. La comédie con-

tinue. Le directeur se met à chercher avec une grande application sur les pages de son registre ce nom qu'il est sûr
d'avance de n'y pas trouver. Il marmotte à mi-voix une longue
liste de noms, tourne un feuillet après l'autre, puis finalement :

— « Mais, Monsieur, dit-il, vous n'êtes donc pas abonné à
notre journal, car je ne vous trouve pas sur mon registre ?...

— « Votre journal ? dit l'autre, qui n'a rien compris ; quel
journal ?

— « Le NOUVELLISTE, parbleu !

— « Non, Monsieur ; j'ai trouvé votre annonce dans le *Petit
Journal*...

— « Je le regrette infiniment, dit le directeur, car la place
que je tiens disponible est excellente ; mais vous comprendrez
sans peine que nous devons donner la préférence à nos abonnés, et, comme vous n'êtes pas du nombre, je ne saurais vous
donner l'adresse.

« Le pauvre diable, qui sent cette place lui échapper avec
la même épouvante que s'il sentait la terre lui échapper sous
les pieds, a une idée superbe.

— « Ne puis-je m'abonner de suite à votre journal, dit-il, et
dans ce cas me donnerez-vous l'adresse ?

— « Dans ce cas, Monsieur, je ne vous la refuserai certes
pas ; je vous engage même à en profiter tout de suite, car
dans cinq minutes vous ne l'auriez plus ; d'autres personnes,
parmi lesquelles plusieurs de nos abonnés attendent dehors,
— mais vous êtes le premier arrivé.

— « Quel est le prix de l'abonnement ?...

— « C'est cinq francs.

« L'abonnement pris et payé, le directeur tend au nouvel
abonné sa feuille de chou autographiée sur papier à cigarettes
et lui dit :

— « Voilà, Monsieur, votre journal. Tenez, au lieu d'une
seule place que vous me demandiez, en voilà dix, vingt, et
même plus ; car pendant un mois vous recevrez votre journal
tous les deux jours, et toujours avec de nouvelles places.

« Ces soi-disant places, nous l'avons dit, sont des inventions,
des fables, des mythes, que les différents bureaux s'empruntent mutuellement dans leurs feuilles avec une impudence
égalée seulement par la naïveté des dupes qui viennent mordre
à l'hameçon.

« Le nouvel abonné, sortant tout radieux du cabinet du directeur avec le numéro de son journal en poche, court à l'adresse indiquée. Et c'est ici que cela devient tout à fait joli. Qu'est-ce qu'il trouve à cette adresse ? Un autre Bureau de placement, complice conscient ou inconscient du premier ! Même en face du désappointement violent de la victime, ce nouveau directeur a l'audace de recommencer la comédie pour son propre compte, et s'il ne parvient pas à l'abonner, il trouve au moins un prétexte pour lui soutirer deux ou trois francs. Car chaque maison de placement a une manière spéciale de recevoir les pauvres gens qui font la chasse aux emplois; si bien que ces malheureux donnent dix fois dans le panneau avant de suspecter ces industriels.

. . . .

« Dans un journal a paru longtemps, avec la régularité du lever du soleil, une annonce ainsi conçue :

EMPLOIS pour dames, 4 heures par jour, 100 fr. par mois.

« Plusieurs jeunes femmes s'empressèrent de se rendre au bureau indiqué. Là, naturellement, il fallut s'abonner pour avoir l'adresse des emplois à 100 francs par mois.

« Une jeune fille entr'autres, d'un esprit malicieux, fut du nombre de celles qui mordirent à l'hameçon. On l'introduisit dans un cabinet vitré, nu comme la main, où se tenait le directeur appuyé contre une petite table sur laquelle était placé un cahier pour tout potage. Un autre individu, avec une grosse tête ébouriffée, un paletot râpé, une écharpe roulée autour du cou, et des mains coloriées d'une belle teinture violette, était là, échangeant de temps à autre avec le *Directeur* quelques monosyllabes mystérieux.

« Dès qu'elle eut opéré le versement de ses cent sous, le directeur dit à cette nouvelle abonnée :

— « Et maintenant, Madame, si vous désirez avoir des renseignements au sujet des positions annoncées, Monsieur que voilà pourra vous les fournir, car c'est lui qui offre ces positions.

« La jeune fille regarda avec étonnement l'homme aux mains violettes, qui avait plutôt l'air d'un marchand d'habits en déconfiture que d'un homme disposant d'emplois à 100 fr. par mois.

« Celui-ci eut un sourire béat et, d'une voix doucereuse, commença ainsi :

« — Voici ce dont il s'agit. Je vous offre de prendre chez vous un dépôt de parfumeries à la glycérine : c'est ma spécialité ; je suis fabricant... Vous êtes libre de tout votre temps, seulement, de 1 à 4 heures, tous les jours, vous recevrez les clients et vous expédierez la correspondance.

« — Et s'il ne vient pas de clients, toucherai-je également mes appointements ?

« — Parfaitement. Maintenant, vous comprendrez que je ne peux livrer ma marchandise sans garantie. Vous verserez donc une petite caution de 600 francs, que vous aurez bien vite regagnée et qui vous sera, du reste, rendue.

« — Cela me suffit, monsieur, dit la jeune fille ; je suis parfaitement édifiée à cette heure sur la nature de vos emplois.

« Là-dessus elle sortit, au seuil de la porte elle rencontra une de ses amies qui venait, comme elle, se renseigner sur les fameux *emplois pour dames*.

« — N'entre donc pas ! s'écria la nouvelle abonnée en éclatant de rire. Ah, la bonne blague ! Voici ce que c'est : Il y a là-dedans un vieux droguiste-teinturier qui frise la faillite. Il a besoin de se remettre sur l'eau, cet homme, et il a trouvé ceci : contre un cautionnement de 600 francs, il offre un dépôt de vieilles parfumeries éventées et de glycérines, — et 100 fr. d'appointement par mois pour qu'on tienne compagnie à sa glycérine de 1 à 4 heures tous les jours... Ah! la bonne blague ! Voyez-vous comme on devient ingénieux quand on est sous le coup d'une saisie ! S'il trouve dix dames disposées à se mettre dans la..... glycérine, le compère a ramassé 6,000 fr., petit capital suffisant pour restaurer son commerce et pour éviter un désastre. Mais quand on se mêle d'être malin, il faudrait au moins éviter de coudre ses malices de fil blanc... »

« Il se peut que le droguiste n'ait trouvé aucune femme ayant assez de penchant pour la glycérine pour verser le cautionnement de 600 fr. Mais si cent femmes ont répondu à l'appel de l'annonce, le bureau a ramassé cinq cents francs d'*abonnement préalable*, qu'il a partagés sans nul doute avec son compère le teinturier.

. . . .

« L'art consiste à savoir amener les gens à venir eux-mêmes déposer entre vos mains, avec un gracieux sourire, le petit tribut que vous désirez prélever sur eux.

« Voici comment cela se pratique :

« Un monsieur à mine équivoque, assis devant un bureau très peu encombré, se dit que les temps sont durs et que le beurre est cher. Bref, il a des soucis d'argent. Il vient de constater mélancoliquement tout à l'heure qu'il se trouve à la tête d'un capital de 4 fr. 75.

« — Et dire qu'il n'est venu personne aujourd'hui, dit-il. Pas une inscription ! quelle déveine !... Il est quatre heures et demie ; je ferme mon bureau à cinq, inutile d'attendre encore. Je n'ai que le temps de courir au journal si je veux que mon annonce paraisse demain.

« Le lendemain on lit dans un journal très répandu cette annonce :

Demande 2 dames Cie pour l'étranger, 4,000 fr., Gouvernante pour famille russe, 2,400 fr. Pressé.

« Ce dernier mot est le seul vrai de l'annonce. En effet, l'homme à mine équivoque est on ne peut plus pressé de voir accourir les dupes.

« Ce journal tombe entre les mains d'au moins cent jeunes femmes qui demandent leur indépendance au travail, et, dans le nombre, il y en a toujours une quarantaine qui se hâtent de courir au bureau indiqué.

« — Déposez dix francs, dit le placeur, et je vous donnerai l'adresse.

« Devant cette condition, une dizaine de ces pauvres créatures se retirent consternées, mais il y en a encore trente qui s'exécutent. Joyeuses, elles déposent leur demi-louis et emportent l'adresse précieuse. La famille russe réside à Milan, et les dames qui désirent des compagnes embellissent Londres ou Vienne de leur présence. Le prestige n'en est que plus grand. Trente lettres émues partent le même jour de Paris et arrivent à Milan, à Londres et à Vienne, où elles sont jetées au rebut : les dames qui demandent des compagnes sont de simples mythes, la famille russe est un conte de fée.

« Il n'est pas d'évènement, il n'est pas de circonstance, dont les bureaux de placement ne profitent avec une rare adresse pour tendre leurs pièges dans les colonnes d'annonces des journaux à grande publicité.

« Le comte de Lesseps n'avait pas encore ouvert sa souscription pour les actions du canal de Panama, qu'un bureau de placement avait déjà l'amusante impertinence de publier l'annonce suivante :

Demande pour Panama, 6 empl. 4,500 fr. sans caution.

« Suivait l'adresse du placeur. Nous ne changeons rien ; nous copions textuellement.

« *Sans caution !* dit le bureau qui enrôle pour Panama. Le mot mérite d'être relevé. C'est un aveu naïf qui signifie à peu près ceci : Vous serez volés, mais vous ne serez pas dépouillés de tout. En effet, le vol au cautionnement qui a dépouillé et qui dépouille encore tous les jours tant de pauvres diables de leurs dernières ressources, fait partie intégrante de l'histoire des bureaux de placement. Il se commet toujours par leur intermédiaire, tantôt avec, tantôt sans leur complicité. C'est une escroquerie sur une vaste échelle ; mais le truc est si connu aujourd'hui que les bureaux de placement ont soin d'ajouter souvent à leurs annonces à effet cet épilogue rassurant : *Sans caution.*

. . . .

« En dehors de tous ces défauts et de tant d'autres plus graves, l'industrie des bureaux de placement a celui d'être inutile. Les places se trouvent sans l'entremise de ces maisons d'exploitation. Ce qui le prouve, c'est précisément le nombre très insignifiant de personnes placées par elles, surtout parmi les employés de commerce ou d'administrations.

« Pour se convaincre de leur impuissance et de leur mauvaise foi en même temps, il est un moyen facile que nous recommandons aux chercheurs d'emplois qui s'égarent dans les bureaux de placement. Au moment où le directeur d'une de ces agences, qui prétend avoir des places pour tous les mortels, met sur le tapis la question financière, que le client lui fasse cette proposition :

« — « Vous demandez cinq francs pour l'abonnement de votre journal ? Eh ! bien, au lieu de cette bagatelle, je vous offre 100 fr., mais donnant, donnant. Je vous compterai cette somme au moment d'entrer dans la place que vous me procurerez. »

« On verra que pas un de ces industriels n'acceptera ce marché pourtant si avantageux. C'est qu'en fait de places qu'ils prétendent chercher ou avoir pour leurs clients, ils ne cherchent en réalité que des pièces de cent sous et des dupes.

. . . .

« On peut dire que les sociétés de secours mutuels, surtout depuis l'heureuse innovation des comités d'emplois que quelques-unes se sont déjà annexés, aideront puissamment à déraciner ce vieux et détestable abus qui s'appelle BUREAU DE PLACEMENT. » (E. Bedinghaus, 1880, Gand.)

Comme on l'a déjà vu, page 83, la dernière réglementation des Bureaux de placement date du 16 JUIN **1857**. Or, de cette date à celle de **1880**, que porte le livre de M. Bedinghaus, il s'est écoulé 23 ans. L'on voit aisément que les ordonnances de police n'ont rien fait et ne pourront rien faire contre ces sortes de cavernes autorisées. Le JOURNAL D'ANNONCES remplace le versement primitif. Qu'on le défende, et un autre truc lui succédera.

Le livre de M. Bedinghaus est fort peu connu en France : J'AI VOULU LE FAIRE AMPLEMENT CONNAÎTRE PAR LES QUELQUES EXTRAITS QUE J'EN AI DONNÉS, car il est l'expression la plus exacte de ce qui se passe communément dans les Bureaux de placement. Tant pis pour les bons ; ils pâtissent pour les mauvais. Et les bons sont excessivement rares.

C'est triste à dire.

Tenez, que pensez-vous de cette annonce que je cueille dans le *Petit Journal* du 9 décembre 1889 :

On demande un homme sérieux marié ou non pour surveiller une propriété agricole, 3,000 fr. par an, logé, chauffé (ne pas se présenter). Écr. à Richard, 10, rue du Maine, Paris. Joind. (timb. p. réponse.)

Est-ce que ce « *ne pas se présenter* » ne vous laisse pas rêveur ? Ne pas se présenter, oui. Mais ne pas oublier de présenter un *timbre-poste* pour la réponse... (quelle réponse, s. v. p.?...) Voyez-vous d'ici un homme propriétaire d'un domaine assez grand pour qu'il puisse donner 3,000 francs à un surveillant, le loger et le

chauffer, et qui est obligé de faire insérer dans le *Petit Journal*
une annonce pour avoir un surveillant?... et une annonce en
caractères microscopiques? Ce grand propriétaire n'a donc pas
d'amis, de relations, de voisins? Il ne peut pas s'adresser à un
colonel pour le consulter sur les militaires de son régiment qui
vont prendre leur congé?... Et choisir son homme parmi ces
braves gens?...

Et dire qu'une centaine de badauds sont peut-être allés déposer leur timbre-poste dans cette officine (sans se présenter)!...

Autre annonce — d'un « *Echo...* » *de province* — donnant
l'adresse d'un journal d'offres et demandes d'emplois *de Paris*.
Le numéro est du 10 novembre 1889 :

Êtes-vous sans place ?

Abonnez-vous au *Recueil quotidien des offres et
demandes d'emplois de Paris et Provinces*, dont
l'abonnement est de **3 fr. 50 par mois**, qui publie
tous les jours un grand choix d'emplois vacants
pour employés de bureau, régisseurs, gérants, gardes
de propriétés, chefs de culture, concierges, domestiques des deux sexes, garçons de bureau et de
recette, jeunes gens pour apprendre le commerce, etc.
Si l'abonné n'a pas trouvé dans le courant du mois
l'emploi à son choix, le réabonnement ne sera que
de **1 fr. 50** c. Adresser fonds d'abonnement au
directeur du journal, 11, rue Rhumkorff, Paris.

Et cette autre annonce que j'extrais du « *Sisteron-Journal* »
(Basses-Alpes), demandant un employé *pour Paris*?... Le numéro est du 23 novembre 1889 :

ON DEMANDE un homme marié ou célibataire
pour surveiller une propriété dans les environs de Paris. Appointements 280 fr. par mois, logement, droit de chasse. S'adresser à M. Sabre, 20, avenue Parmentier, Paris. JOINDRE TIMBRE POUR
RÉPONSE.

Ainsi, un journal des *Basses-Alpes* offre un emploi pour les
environs de *Paris!*... Ah ça! il n'y a donc pas d'homme capable
de remplir un office payé 280 francs par mois, avec le logement et le droit de chasse, dans les 3,000,000 d'habitants de
Paris? Il a fallu s'adresser dans le département des *Basses-
Alpes* qui, lui, vous dit de vous adresser *à Paris*, avenue Parmentier?

Cette comédie finira-t-elle bientôt?...

Et les bureaux de placement pour *nourrices* ?...

Alphonse Daudet en fait un bien charmant et véridique tableau dans une nouvelle intitulée : « Les Nounous », publiée
dans le numéro du 15 décembre 1889 du Supplément littéraire
de la *Lanterne :*

. . . .

« Mais pour voir la vraie nounou, pour bien la connaître, il
faut la surprendre à l'arrivée, dans un de ces établissements
étranges qu'on nomme bureaux de placement et où se fait, à
l'usage des bébés parisiens affamés d'un lait quelconque, le
commerce des femmes-mères. C'est du côté du Jardin des
Plantes, au bout d'une de ces rues paisibles, demeurées pro-
vinciales en plein Paris, avec des pensions, des tables d'hôte,
des maisonnettes à jardinet, peuplées de vieux savants, de
petits rentiers et de poules ; sur la façade d'un antique logis à
grand porche, une enseigne à lettres roses étale ce simple mot :
Nourrices.

« Devant la porte, par groupes ennuyés, flânent des femmes
en guenilles, avec des enfants sur les bras. On entre : un pupitre, un guichet grillé, le dos de cuivre d'un grand livre, du
monde qui attend sur des banquettes, l'éternel bureau, le même
toujours, également correct et froid, aux Halles comme à la
Morgue, qu'il s'agisse d'expédier des pruneaux ou d'enregistrer
des cadavres. Ici c'est de la chair vivante qu'on trafique.

« Comme on reconnaît en vous des personnes « bien »,
on vous épargne la banquette d'attente, et vous voici dans le
salon.

« Du papier à fleurs sur les murs, le carreau rouge et ciré
comme dans un parloir de couvent, et, de chaque côté de la
cheminée, au-dessus de deux cylindres de verre recouvrant des
roses en papier, les portraits à l'huile et cerclés d'or de Monsieur le Directeur et de Madame la Directrice.

« Monsieur est quelconque : tête d'ancien agent d'affaires
ou de pédicure qui a réussi ; Madame, bien en chair, sourit de
ses trois mentons dans l'engraissement d'un métier facile, avec
ce je ne sais quoi de dur que donne au visage et au regard le
maniement d'un troupeau humain. Quelquefois, c'est une sage-
femme ambitieuse ; le plus souvent une ancienne nourrice
douée du génie des affaires.

« Un jour, il y a longtemps, elle est venue dans une maison pareille à celle-ci, peut-être dans la même, vendre, pauvre fille de campagne, un an de sa jeunesse avec son lait. Elle a rôdé devant la porte comme les autres, affamée, son enfant au bras ; comme les autres, elle a usé la bure de ses jupes sur le banc de pierre.

« Aujourd'hui les temps ont changé ; elle est riche, célèbre. Son village, qui la vit partir en loques, ne parle d'elle qu'avec respect. Elle est une autorité là-bas, presque une providence.

« La récolte a manqué, le propriétaire presse. Le soir, sous la cheminée, l'homme dit en présentant la large paume de sa main à la flamme : « Phrasie, écoute voir... ton lait est bon, l'argent se fait cher : si t'allais à Paris faire une nourriture ? On n'en meurt pas ; et la patronne du bureau, qu'est d'ici et qui nous connaît ben, t'aurait une bonne place tout de suite. »

« Elle s'en va, puis un autre. Peu à peu l'habitude se prend, l'amour du lucre continuant ce qu'avait commencé la misère. Maintenant, chaque fois qu'un enfant naît, son affaire est claire et son destin réglé d'avance. Il restera au pays à téter la chèvre : et le lait de la mère, bien vendu, servira à acquérir un champ, un bout de pré.

« Toute célébrité nourrisseuse, toute directrice de bureau de placement exploite ainsi spécialement sa province d'origine. L'une a l'Auvergne, l'autre la Savoie, celle-ci les landes bretonnes ou les côtes boisées du Morvan.

« Chose à remarquer, le marché aux nounous, à Paris, suit les fluctuations de la vie rustique. Rare les années de récolte, la nourrice afflue en temps de disette ; mais que l'année soit mauvaise ou bonne, elle devient presque introuvable pendant la moisson et la vendange, moment des grands travaux des champs.

« Aujourd'hui le bureau de placement semble bien fourni. Sans compter les nourrices que nous avons vues à l'entrée traînant leurs sabots devant la porte, en voici vingt, trente, sous la fenêtre, dans un petit jardin transformé en cour, lugubre à voir avec ses bordures de buis piétinées, ses plates-bandes effacées, et les couches d'enfant qui sèchent sur une ficelle tendue au travers entre un figuier malade et un lilas mort. Tout autour un alignement de logettes sans étage, dont la nudité sordide fait songer à la fois aux *payotes* des nègres esclaves et aux cabanons des forçats. C'est là que logent les nourrices avec leurs enfants en attendant d'être placées.

« Elles campent sur des lits de sangle, dans un aigre relent de malpropreté rustique, au milieu du perpétuel tintamarre des marmots en tas qui s'éveillent tous dès que l'un crie, et se mettent à brailler ensemble, bouche tendue, vers le sein défait. Aussi aiment-elles mieux l'air libre du jardinet, où elles traînent d'un coin à l'autre, toute la journée, avec des allures ennuyées de démentes, ne s'asseyant que pour coudre un peu, mettre une pièce de plus à quelque jupe déjà cent fois rapiécée, loque de couleur spéciale, terreuse et grise, ou bien affectant ces tons jaunes et éteints, bleus expirants, que la mode parisienne emprunte, par raffinement, à la misère campagnarde.

« Mais voici Madame qui entre, avec la tenue de l'emploi, à la fois coquette et sérieuse, une avalanche de nœuds flamme de punch sur un corsage d'un noir janséniste, regard sévère et parler doux.

« Vous désirez une nourrice? Soixante-dix francs par mois?... Bien... Nous avons un assortiment dans ces prix-là... »

« Elle donne un ordre : la porte s'ouvre, les nourrices arrivent par fournée de huit ou dix, piétinent et s'alignent, soumises, leur enfant au bras, avec un bruit d'*esclots*, de souliers à clous, des poussées gauches du bétail... Celles-ci ne conviennent pas? Vite, dix autres... Et ce sont toujours les mêmes yeux baissés, les mêmes timidités misérables, les mêmes joues séchées et tannées, couleur d'écorce et couleur de terre. Madame présente et fait l'article.

« ...Saine comme l'œil... une vraie laitière... regardez le poupon! » Le poupon est beau en effet, toujours beau. On en garde deux ou trois dans l'établissement pour figurer à la place de ceux qui seraient trop malingres.

« De combien votre lait, nourrice?

« — De trois mois, M'sieu. »

« Leur lait est toujours de trois mois. Voyez plutôt : du corsage entr'ouvert un long filet blanc a jailli, riche de sève campagnarde. Mais ne vous y fiez pas ; ceci est le sein de réserve que jamais l'enfant ne tette. C'est l'autre côté qu'il faudrait voir, celui qui se cache honteux et flasque. Sans compter qu'avec quelques jours d'absolu repos, toujours un peu de lait s'emmagasine.

« Et Madame étale, Madame déballe avec l'autorité de la possession et l'impudence de l'habitude ces pauvres créatures effarouchées.

« Enfin le choix est fait, la nourrice est retenue ; il faut régler. La directrice passe derrière son grillage et fait le compte. Effrayant ce compte. D'abord le tant pour cent de la maison, puis l'arriéré de la nourrice en logement et en nourriture, quoi encore? Les frais de route. Est-ce fini? Non, il « y a la « meneuse » qui va prendre l'enfant à la mère pour la reconduire au pays.

« Triste voyage, celui-là ! On attend qu'il y ait cinq ou six poupons; et « la meneuse » les emporte ficelés dans de grands paniers, la tête en dehors comme des poules. Plus d'un meurt dans ce trimballement à travers des salles d'attente glaciales, sur les dures banquettes des wagons de troisième classe, avec le lait du biberon et un peu d'eau sucrée au bout d'un chiffon pour nourriture. Et ce sont des recommandations pour la tante, pour la grand'mère. L'enfant brutalement arraché, du sein s'agite et piaille; la mère l'embrasse une dernière fois, elle pleure. On sait bien que ces larmes ne sont qu'à demi sincères, et que l'argent les sèchera bientôt, ce terrible argent qui tient si fort aux entrailles paysannes. Malgré tout, la scène est navrante et fait songer douloureusement aux séparations de familles d'esclaves. »

. . . .

IV

J'ai exposé les griefs ; je n'aurai garde de ne pas donner des extraits du plaidoyer de M. de Maguin, avocat à la Cour d'appel de Paris, en faveur des Bureaux.

Malheureusement, le plaidoyer de M. de Maguin est en faveur des *honnêtes placeurs*, et celui de M. Bedingbaus est contre les *malhonnêtes placeurs*. A quoi bon alors, direz-vous, plaider pour les bons, puisque vous ne vous êtes occupé que des mauvais ? C'est parce que, si l'institution, bonne en soi, a été avilie et détournée de son but primitif par de malhonnêtes gens, des escarpes, qui se cachent derrière un bureau de placement comme un voleur derrière un arbre à la lisière d'un bois, il est bon qu'on sache qu'il existe pourtant d'honnêtes gens exerçant avec probité, avec conscience, la profession qu'ils ont choisie.

Mais l'institution des Bureaux de placement, en soi, donne lieu à tant de genres d'escroqueries, que, pour défendre même les honnêtes gens qui exercent cette industrie, il faut dévoiler les infamies des gredins qui la déshonorent, des gredins qui ont tellement surexcité les malheureux ouvriers et employés, que ces derniers en sont venus à briser leurs enseignes, à piller leurs bureaux, sans aucune distinction des boucs et des brebis.

Voilà pourquoi je donne des extraits de la brochure de M. de Maguin. Après l'attaque, la défense.

. . . .

« Il suffit de jeter un simple coup d'œil et de parcourir rapidement la circulaire du 8 octobre 1852, interprétant l'ordonnance du 5 octobre de la même année, pour voir que tout a été prévu ; que les bureaux sont l'objet d'une réglementation des plus sévères et des plus minutieuses, et que cette réglementation a été établie, non dans l'intérêt du placeur, mais contre son intérêt, et pour le plus grand avantage des classes laborieuses. L'auteur du décret du 25 mars et celui de l'ordonnance du 5 octobre 1852 ont pris soin de nous en avertir ;

précaution assurément inutile, car on n'a qu'à rappeler que l'auteur du décret est Napoléon III, alors président de la République, cherchant à arriver à l'empire à l'aide des ouvriers ; et que celui de l'ordonnance est le préfet de police Piétri. Sous prétexte de moraliser les Bureaux, l'ordonnance les a enfermés dans un cercle de dispositions étroites ayant pour sanction une pénalité sévère.

« Toutes les garanties seront demandées aux placeurs qui devront, en outre, faire l'avance de leur temps, de leur bourse, de leurs services, sans garanties équivalentes, sans recours possibles contre les ouvriers, maîtres d'éluder à leur gré leurs engagements les plus positifs. Comme si cela n'était pas assez, l'alinéa final de l'ordonnance ouvre toute grande la part à l'arbitraire en autorisant le préfet de police à intervenir quand bon lui semble. En sorte que la crainte qu'il inspire est le commencement et la fin de la sagesse des placeurs.

« Si draconien que soit le régime qui leur a été imposé, les bureaux de placement en ont accepté le joug avec résignation. Ils sont allés plus loin : Ils ont même ajouté à la sévérité de certaines dispositions, par les scrupules de leur probité professionnelle.

. . . .

. . . .

Les griefs.

« Les Bureaux ont deux sortes d'adversaires : les adversaires systématiques dont je n'ai pas à m'occuper, car il n'y a pires sourds que ceux qui ne veulent rien entendre, et les adversaires de bonne foi, ceux qui ne demandent pas mieux que d'être éclairés. Je demande à ces derniers, que j'ai à cœur de convaincre, de faire tout d'abord avec moi une distinction simple, capitale : Je leur demande de distinguer les Bureaux autorisés de ceux qui ne le sont pas, des agences interlopes pour lesquelles le placement n'est qu'un prétexte à escroquerie [1].

_____

[1] Et l'abonnement forcé au *Journal d'annonces*, si largement pratiqué par un nombre considérable de Bureaux *dûment autorisés ?*... Et tant d'autres moyens, racontés plus haut, pour soutirer de l'argent, tout en étant *dûment autorisés* à tenir un bureau ?...

Il serait en effet aussi injuste de confondre le placeur régulier avec le placeur marron, que le banquier avec le prêteur à la petite semaine, l'avocat avec l'homme d'affaires. Toute industrie régulière, honnête, a sa contrefaçon, et celle du placement ne pouvait y échapper. On rend trop souvent le Bureau autorisé responsable des manœuvres et des fraudes commises par les agences de tout acabit qui pullulent à Paris. Cette distinction faite, je n'irai pas jusqu'à soutenir que tout, dans les Bureaux, est pour le mieux dans le meilleur des mondes possibles. Je conviendrai aisément qu'ils ont leur part de misères, mais pas plus grandes assurément que celles qui s'attachent aux institutions humaines les mieux réussies. Voyons, en effet, quels sont les griefs que l'on articule contre eux ; ils sont de deux ordres bien nets et bien précis que je vais examiner un à un et dans leur ordre d'importance :

« 1er Ordre : Griefs tirés de l'indignité de la personne et du local.

« 2e Ordre : Griefs tirés du mode même d'opération. Les tarifs sont fantaisistes ; les places sont mises aux enchères ; et les manœuvres pour multiplier les droits de placement.

« Le premier ordre de griefs étant évidemment moins grave et plus spécieux n'est qu'une simple arme de guerre ; c'est par lui que je commence.

« Sur le premier grief, tiré de l'indignité du personnel et du local, je pourrais renvoyer le moraliste par trop sévère et méticuleux à la Préfecture de police, qui a la responsabilité des autorisations. Elle ne les donne qu'après enquête sur la personne et examen du local. Si elle a manqué de perspicacité, je ne vois pas comment les placeurs pourraient être incriminés, eux qui sont les premiers à souffrir de ce que le plomb vil s'est mêlé à l'or pur [1]. S'ils étaient consultés, peut-être accorderaient-ils certaines autorisations trop arbitrairement refusées et, par

---

[1] Pardon : Vous voyez tous les jours des individus tarés, côtoyant avec une adresse d'acrobates la lisière de tous les Codes ; d'affreux coquins qu'on ne peut jamais, grâce à leur adresse, prendre sur le fait ; dont le casier judiciaire porte par conséquent le mot *Néant*, et qui sollicitent de l'Administration une autorisation quelconque. Comment la leur refuser ? Sur quoi baser ce refus ?... Et qui vous dit que le local, bien meublé pour le jour de l'enquête par un bric-à-brac quelconque, ne sera pas vide et désert le lendemain, après la restitution du mobilier audit bric-à-brac ? L'autorisation ne comporte donc avec elle aucune sérieuse garantie. (Note de l'A.)

contre, en refuseraient-ils d'autres que le favoritisme et la
politique (? ? ?) arrachent à des préfets ayant le dos par trop
souple. Ils ont fait ce qu'ils ont pu. Ils ont essayé, en se syndi-
quant, d'opposer une digue à l'envahissement. Ils ont, sous le
nom de Chambre syndicale et d'Union syndicale, formé une
phalange qui entend porter haut et ferme le drapeau de la corporation ; à l'heure actuelle, et en dépit de quelques intru-
sions assurément regrettables, on ne trouvera pas parmi les
450 placeurs un seul qui ait à son casier judiciaire la plus
légère condamnation ; ils sont recrutés dans tous les rangs de
la société, mais parmi les honnêtes gens, ayant une certaine
surface ; dignes, par leurs antécédents et leur loyauté, d'inspirer confiance ; vieux soldats qui ont bien mérité de la patrie,
anciens ouvriers qui, à force de labeur et de probité, sont par-
venus à réaliser la somme nécessaire pour l'achat d'un Bureau ;
institutrices épuisées dans l'accomplissement de la noble et
ingrate mission de l'enseignement.

. . . .

« On connaît le proverbe : « on juge de l'escargot sur sa
coquille, » et réciproquement. Il est superflu que je rappelle
que l'autorisation n'est accordée qu'après approbation du
local. Le Bureau du placeur est le rendez-vous, non-seulement
de l'offre, c'est-à-dire de l'ouvrier, mais encore de la demande,
c'est-à-dire du patron ; il doit répondre à ce double objet, être
à la fois simple et confortable, sous peine d'être déserté ; c'est,
pour le placeur, une question d'être ou de ne pas être. Il faut
n'avoir jamais mis les pieds dans un bureau et spéculer étrangement sur l'ignorance du bon public, pour oser comparer à
un autre l'appartement, je dirai pour quelques-uns le Salon, où
le placeur reçoit sa clientèle. On compte, pour donner le
change, sur le pouvoir des gros mots, et le procédé ne réussit
que trop.

« Quant au second ordre de griefs, plus sérieux, plus importants, il serait décisif s'il était justifié : le placeur mettrait le
service à l'enchère.

« Que des abus aient pu se produire, c'est possible, je sou-
tiens qu'il sont le fait d'une infime exception, et l'on a tort de
conclure du particulier au général. Toutefois, nous ne pouvons
nous dispenser de faire remarquer que chaque fois que le
dénonciateur a été sommé de préciser, il s'est dérobé. Mais

calomniez, calomniez, il en reste toujours quelque chose, alors même que la calomnie soit une arme de guerre.

. . . .

« Le tarif n'est point uniforme pour les placeurs, il est déterminé pour chacun par l'arrêté même d'autorisation. Il est en moyenne de :

3 0/0 sur les gages annuels des domestiques.
5 0/0 sur les appointemeuts annuels des employés.
20 0/0 sur le premier mois d'un employé, un droit fixe de 0,50 c. pour ce que l'on appelle les journées d'extra.

« Précisons, en prenant pour exemple le mode d'opérations des agences qui s'occupent spécialement du placement des garçons limonadiers :

« 1° Employés à appointements fixes, tels qu'officiers, plongeurs, omnibus, sommeliers, chefs de cuisine, gérants, caissières :

A	30 fr. par mois, une fois payés :		6 fr.
	40	—	—	8
	50	—	—	10
	60	—	—	12
De 65 à	80	—	—	15
85 à	120	—	—	20
125 à	150	—	—	30

« 2° Garçons de salle. On nomme ainsi ceux qui servent les clients et travaillent au pourboire. Des garçons de salle paient ce qu'ils croient devoir : les placeurs ignorent toujours ce qu'ils gagnent.

« 3° Les mêmes de toute catégorie, envoyés en extra, c'est-à-dire pour un ou plusieurs jours, mais seulement lorsque le travail est terminé.

« Le paiement n'est acquis qu'après un délai déterminé qui est, pour les domestiques, de huit jours. Ce délai est plus que suffisant pour s'assurer si la place convient ou non. Ajoutons qu'en outre de son expérience personnelle, l'ouvrier a les renseignements du patron, en sorte qu'au bout de deux ou trois jours d'essai il est raisonnablement fixé; s'il reste moins de huit jours, il n'y a rien de fait. Le placeur en est pour ses frais et son dérangement, et souvent pour la perte d'un client qui, péniblement impressionné par un si rapide passage, ne reviendra plus s'approvisionner au bureau qui l'a envoyé. Les chances entre les ouvriers et le placeur ne sont pas égales ; ce dernier est exposé, non seulement à travailler pour rien, mais encore à perdre sa clientèle.

« Les droits de placement payés une fois pour toutes, l'ouvrier a intérêt à ne pas changer de si tôt. Les droits sont d'autant moins onéreux qu'il reste plus longtemps en place. Ainsi, un ouvrier qui aura payé 15 francs un emploi, s'il y reste cinq ans, n'aura en définitive payé que 3 francs par an, un rien.

« En sorte que, avec les bureaux, plus il restera en place, moins il aura à payer. Avec les syndicats la progression va en sens inverse : plus il restera, plus il aura à payer. Etrange moyen, on en conviendra, pour encourager le zèle et la constance dans le travail. Or, le bon ouvrier a intérêt à se placer par l'intermédiaire des bureaux, car, par le temps qui court, c'est l'oiseau rare qui trouvera aisément son nid, que le patron n'aura garde de laisser échapper.

« Mais on objecte, et ce sont surtout les 2,100 garçons limonadiers, sur 80,000 dont se compose la corporation, qu'en outre du tarif, le gérant de la maison se fait verser à titre de don une somme, et que c'est sur ce don que s'établissent alors les enchères. Ils assurent qu'étant donné le peu de stabilité de leur emploi, la moyenne de l'argent que chacun d'eux est obligé de laisser au placeur s'élève à 80 et même 100 francs.

« Sommés de s'expliquer, de citer des noms, les dénonciateurs de ces abus se sont constamment dérobés. Le garçon limonadier sérieux n'est pas plus qu'aucun autre employé actif et intelligent exposé à des changements journaliers ; mais, ainsi que l'a fait observer *le Temps*, il convient de remarquer que le métier de garçon de café n'exigeant pas un bien long apprentissage est la ressource des gens qui n'en ont pas d'autre. Il n'y a pas, par conséquent, de corporation qui compte plus de non-valeurs. Les cafés, les brasseries, les débits de boissons de toutes sortes, ont beau être innombrables, il y a toujours plus de garçons disponibles qu'ils n'en peuvent occuper. L'offre dépassant de beaucoup la demande, le bon ouvrier sera toujours le premier placé ; l'autre, l'ouvrier indigne ou douteux, s'efforcera de séduire le placeur par l'appât du gain ; il l'incitera à commettre des fraudes dont il se plaindra avec d'autant plus d'acrimonie qu'il l'aura provoqué à les commettre. Quant aux exploitations de tout genre dont les garçons limonadiers se prétendent victimes de la part des patrons, nous n'avons pas à nous en préoccuper; nous nous bornerons à relever des faits directement imputables aux placeurs.

« Les bureaux ne se font jamais *payer d'avance;* ils ont toutefois la faculté de se faire remettre, à titre d'avance sur le droit de placement, une somme qui varie ordinairement de deux francs à cinq francs, dont quittance doit être donnée, et qui devra toujours être restituée à la première réquisition du déposant qui renonce à être placé par l'entremise du bureau où aura lieu l'inscription. Cette somme constitue un dépôt légitime, légal. — Parmi les 450 bureaux de placement autorisés, les uns l'exigent, les autres s'en passent. Elle constitue la seule et unique garantie que la loi accorde au placeur; garantie des plus fondées de toutes, mais, hélas! plus illusoire que réelle.

« En effet, l'ouvrier qui veut retirer son dépôt est obligé de venir en personne. Le placeur s'assure ainsi s'il a été ou non à la place indiquée, ce qui ne l'empêchera pas, chemin faisant, de la passer à un autre, et de réclamer son dépôt sous prétexte qu'elle est pourvue; ou même, si elle est lucrative, il la négociera à un tiers au risque de sacrifier la faible somme qu'il a en dépôt. Le tour est joué. Le placeur a un pied de nez. Les pertes qu'il éprouve de ce chef sont considérables. L'auteur de l'ordonnance en a eu le sentiment; aussi, dans sa circulaire aux commissaires de police, insiste-t-il pour que la garantie du dépôt préalable soit accordée au placeur, si anodine soit-elle : « elle n'a jamais soulevé », dit-il, « la moindre difficulté. L'ouvrier a mille moyens de fausser ses engagements. Le placeur n'a pas de recours sérieux contre lui, même contre le patron, sur ses gages; il doit s'estimer heureux d'être pillé et volé et, par dessus le marché, battu. L'ouvrier aura d'autant plus raison qu'il criera plus fort. »

. . . .

« On connaît la tentative philanthropique de *M. Trébois,* maire de Levallois-Perret (Seine). M. Trébois, que les lauriers des bureaux empêchaient de dormir, s'était promis de les annuler en les coupant à la racine, et solennellement organisa dans sa bonne mairie de Levallois un service de placement dirigé par un bureaucrate quelconque. Il a réussi à faire en un an à peine 300 placements, soit un par jour. La montagne a véritablement accouché d'une souris. Les maires des trois arrondissements de Paris qui se sont engagés dans la même voie ont dû s'arrêter en route ; ils n'étaient suivis que de leur ombre [1].

« Les Sociétés ouvrières et les Syndicats n'ont pas été plus heureux. La Société de secours mutuels de l'*Etoile* fait le placement gratuit de ses membres. En vingt-et-un ans elle a recruté 3,452 adhésions qui, malgré les promesses les plus alléchantes, se sont réduites à 1,191, par la démission de 2,261 de ses adhérents. La gratuité du placement était un trompe-l'œil : en réalité, sous forme de cotisation, l'ouvrier payait plus que dans les Bureaux pour avoir moins de chances d'être placé. Fait typique, la corporation des garçons limonadiers, sauf les deux mille transfuges qui ont la prétention de parler et d'agir en son nom, est restée en grande majorité fidèle aux Bureaux. Soit : 76,009 contre 2,261, et, parmi ces 2,261, que de non-valeurs !

« La Chambre syndicale des ouvriers pâtissiers s'occupe du placement de ses membres ; en cinq années elle n'a recruté que 294 adhésions, sur 5,000 ou 6,000 ouvriers pâtissiers ! La *Saint Honoré des Boulangers*, bien qu'elle ait eu l'habileté de s'attacher, en qualité d'adhérents les boulangers, les meuniers et tous les fournisseurs, a failli mourir d'une indigestion rentrée de placement. Les pâtissiers et les boulangers ont entrepris les premiers une lutte contre les placeurs, qui a été celle du pot de terre contre le pot de fer : ils ont succombé. Les premiers, c'est-à-dire la *Saint Michel* des pâtissiers, après avoir dépensé en dix-sept années plus de 80,000 francs. Les seconds, c'est-à-dire la *Saint-Honoré* des boulangers, une somme qui n'est pas inférieure à 30,000 francs.

« Le recrutement des garçons épiciers se fait par l'intermédiaire des Bureaux, moyennant un abonnement de 10 francs par an que paie le patron. Il en est de même pour les charcutiers. Les coiffeurs ont aussi leurs chambres syndicales. Mais

---

[1] N'oublions pas que nous sommes en 1869, et que l'ouvrage de M. de Maguin est de 1886. Depuis, les Bureaux de placements gratuits sont allés de l'avant, et très considérablement.

en réalité, quand l'un d'eux veut un service, il s'adresse de préférence aux Bureaux.

« Exemple certainement décisif : sous ce titre, *Société de secours mutuels des gens de maison*, une Société de secours mutuels s'est organisée en 1848 avec le but avéré de placer ses membres. Veut-on savoir, en trente-huit années, combien elle a recruté d'adhérents ? Elle a battu la grosse caisse un peu partout pour obtenir le chiffre de 1,970, sur 400,000 dont se compose la corporation. Il y a plus : par un comble de déveine, sur ces 1,970 adhérents, 1,197 se sont retirés ; en sorte que la *Société des gens de maison* ne compte plus aujourd'hui que 773 membres, qui crient comme s'ils étaient 100,000 ! Est-ce assez concluant ? Il est des gens plus nombreux qu'on ne pense qui ont des yeux pour ne point voir. On menace les Bureaux de la création d'une Bourse dite du Travail, menace qui laisserait les Bureaux parfaitement froids, si les auteurs d'une aussi mirifique invention se contentaient de hasarder leur argent ; mais ce sont les finances de la Ville, c'est l'argent des contribuables, c'est-à-dire des placeurs, qui doit faire les frais d'une pareille aventure qui coûterait, paraît-il, la bagatelle de dix à douze millions. Les placeurs auraient le droit de protester ; ils n'en feront rien, persuadés que l'expérience que l'on tentera dans ce sens tournera à leur profit.

« En dépit des efforts de toute nature conjurés pour les déconsidérer, les Bureaux n'ont cessé de se développer, leur clientèle leur est restée fidèle. Le spectacle de leur prospérité croissante comparé à celui des avortements de leurs concurrents est une démonstration saisissante de leur vitalité. A l'heure actuelle, les 450 Bureaux autorisés du département de la Seine représentent une valeur de deux millions de francs, font près de 487,000 placements par an, avec un roulement de 875,000 ouvriers ou patrons » [1]. (C. A. de Maguin.)

---

[1] Il serait intéressant de savoir comment un chiffre de 487,000 personnes placées par an a pu être obtenu.

TROISIÈME PARTIE

——

ANNEXES

ANNEXES DU CHAPITRE PREMIER

(*Annexe n° 1.*)

PLACEMENT GRATUIT

STATUTS

Adoptés dans la Séance du 12 Octobre 1888

ARTICLE PREMIER. — Une Société pour le placement gratuit des employés et ouvriers des deux sexes est fondée à la Mairie du 1er Arrondissement de Paris, sous les auspices de la Municipalité et des adhérents aux présents statuts.

ART. 2. — Ce service est administré par un Conseil d'Administration de 26 membres.

Le Conseil se compose de 8 membres de droit qui sont :

Les Conseillers municipaux de l'Arrondissement ;

Le Maire et les Adjoints ;

Et de 18 Membres élus par l'Assemblée générale des sociétaires.

ART. 3. — Le Conseil est nommé pour trois ans, renouvelable par tiers tous les ans.

Pour les deux premières années, les Membres sortants seront désignés par voie de tirage au sort. Ils sont rééligibles.

ART. 4. — Le Conseil choisit dans son sein :

1 Président ;
2 Vice-Présidents ;
1 Secrétaire-Trésorier ;
1 Secrétaire-Adjoint.

ART. 5. — Les ressources de la Société se composent des cotisations, des subventions municipales ou autres, des dons, etc.

Le montant de la cotisation est fixé à la somme annuelle de 5 francs.

ART. 6. — Le Comité se réunit au moins une fois tous les

deux mois, sur la convocation de son Président ou sur la demande du tiers de ses Membres.

Il est investi des pouvoirs les plus étendus dans l'Administration du service.

Il convoque, tous les ans, au mois de novembre, l'Assemblée générale des Sociétaires, qui statue sur les comptes et sur toutes les questions qui lui seraient soumises par le Comité.

ART. 7. — Les présents statuts ne peuvent être modifiés que sur la demande du Comité et par décision de l'Assemblée générale, prise à la majorité.

COMPOSTION DU COMITÉ :

MM. BAUDOT, Maire, *Président.*

MUZARD, Adjoint.

V. DANOUX, Adjoint.

E. DANDRE, Adjoint.

DESPATYS, Conseiller municipal.

Dr LAMOUROUX, Cons. municip.

MUZET, Conseiller municipal, *Vice-Président.*

SAINT-MARTIN, Cons. municip., *Vice-Président.*

BLESTEAU.

BLOCH, Alfred.

CRUET.

DEROSSELLE, *Secrét.- Trésorier.*

Dr DUBRISAY.

MM. FLOHN.

GIRAUDON.

HAUTECŒUR.

LAURENT, Ferdinand.

LÉVY, Louis.

OLIVIER.

RÉTY.

ROUFF.

SAINT-GUILLAUME.

SIMON, Eugène.

TRONQUOY.

ZOPFF.

Secrétaire-Adjoint :

GUÉNOT, à la Mairie.

RÉPUBLIQUE FRANÇAISE

LIBERTÉ — ÉGALITÉ — FRATERNITÉ

VILLE DE PARIS (Premier Arrondissement)

MAIRIE DU LOUVRE

SERVICE DE PLACEMENT GRATUIT

Pour les Employés et Ouvriers des Deux sexes

AVIS

Le Maire du premier Arrondissement a l'honneur d'informer ses Concitoyens qu'un service pour le **Placement gratuit** des **Employés et Ouvriers des deux sexes** vient d'être organisé à la Mairie.

La Municipalité adresse un pressant appel à MM. les Patrons et à tous ceux qui, à un titre quelconque, peuvent offrir du travail ou procurer un emploi, et les prie de vouloir bien en donner avis, sans retard, à la Mairie, soit verbalement soit par écrit. Ils contribueront ainsi, dans l'intérêt commun de tous les travailleurs, Patrons et Ouvriers, au développement d'une œuvre de solidarité et d'apaisement social.

Ce service fonctionne avec le concours de citoyens dévoués de l'Arrondissement, *tous les jours, Dimanches et Fêtes exceptés*, de 10 heures à 4 heures, au Secrétariat de la Mairie,

Paris le 30 Octobre 1888.

LE MAIRE,
BAUDOT.

LES ADJOINTS,

MUZARD, V. DANOUX, E. DANDRE.

La Commission d'initiative : MM. DESPATYS, LAMOUROUX, MUZET, SAINT-MARTIN (Conseillers municipaux de l'Arrondissement); COUSIN, GRUET, DEROSSELLE, LACRENT (Ferdinand), LÉVY (Louis), OLIVIER, ROUFF, TRONQUOY, ZOFFF.

(Annexe n° 3.)

RÉPUBLIQUE FRANÇAISE
Liberté Égalité Fraternité

—

VILLE DE PARIS
—

Mairie
du
4ᵉ Arrondissement

Paris, le   Mars 1889.

M

J'ai l'honneur de vous informer qu'un service municipal vient d'être fondé à la Mairie du 4ᵉ Arrondissement pour le placement gratuit des Employés et des ouvriers des deux sexes.

Permettez-moi de vous adresser un pressant appel pour vous prier de nous signaler, soit verbalement, soit par lettre adressée à la Mairie, les emplois ou le travail que vous pourrez nous offrir. Il sera immédiatement répondu aux demandes.

Le nouveau service fonctionne tous les soirs de sept heures et demie à neuf heures et demie, rue du Pont-Louis-Philippe, angle de la rue François-Miron (ancien poste des Sapeurs Pompiers).

Une boîte est installée sous le vestibule de la Mairie, à la porte du concierge, pour recevoir toutes les communications relatives au service de Placement.

Veuillez agréer, Monsieur, l'assurance de ma considération la plus distinguée.

Les Adjoints,   *Le Maire,*

L. GAITET, A. FAILLIOT, LE BARAZER.   GUEIT-DESSUS.

(*Annexe n° 4.*)

VILLE DE PARIS

Le 29 Mars 1889.

Mairie du Panthéon
5e Arrondissement

MONSIEUR ET CHER CONCITOYEN,

La Municipalité et le Bureau de bienfaisance du 5e Arrondissement ont résolu de fonder un Bureau municipal de placement gratuit pour les ouvriers, employés et domestiques des deux sexes, et seraient heureux de s'assurer le concours des habitants de l'Arrondissement.

En conséquence, ils vous prient d'assister à la réunion préparatoire ayant pour objet la création de ce Bureau, réunion qui aura lieu à la Mairie, le jeudi 4 avril, à 8 heures 1/2 du soir (Salle des Mariages).

Dans le cas où vous ne pourriez assister à cette réunion, nous vous serions reconnaissants de vouloir bien nous faire parvenir votre adhésion.

Veuillez agréer, Monsieur et cher Concitoyen, l'assurance de nos sentiments distingués.

Les Administrateurs *du Bureau de Bienfaisance :*	*Le Maire et les Adjoints :*
MM. ANDRÉ, BEAUMONT, CHAUDARD, DEMANTE, GARSONNET, HERTEMATHE, MALLET, MONTAZEAU, MONCELOT, PHILIPPON, PONTHUS, SANDRIN.	MM. L. AMIABLE. P. LAMPUÉ. A. MEURGÉ. A. PIERROTET.

NOTA. — Les Dames sont invitées à assister à cette réunion.

(*Annexe n° 5.*)

STATUTS

DU

BUREAU MUNICIPAL DE PLACEMENT GRATUIT

Du 5ᵉ Arrondissement

ARTICLE PREMIER. — Sous les auspices de la Municipalité et du Bureau de Bienfaisance du 5ᵉ Arrondissement, il est créé un Bureau municipal de placement gratuit à l'usage des employés, domestiques et ouvriers des deux sexes.

Ce Bureau sera établi dans les dépendances de la Mairie.

ART. 2. — Son administration est confiée à une Commission composée :

1° Du Maire et des Adjoints ;

2° D'une délégation de quatre Membres du Bureau de Bienfaisance ;

3° De vingt habitants du 5ᵉ Arrondissement ayant adhéré aux présents statuts, élus chaque année en Assemblée générale.

ART. 3. — La Commission administrative choisit, chaque année, dans une réunion indiquée à cet effet, deux Vice-Présidents, deux Secrétaires et un Trésorier.

Le Maire est Président de droit.

Toutes ces fonctions sont essentiellement gratuites.

ART. 4. — Le budget de l'œuvre est constitué par :

1° Les subventions du Conseil municipal ;

2° La cotisation annuelle de six francs versée par les adhérents ;

Sont fondateurs les personnes qui, s'intéressant au but exclusivement philanthropique de cette œuvre, font à la Société un versement de cent francs ; elles sont dispensées du paiement de la cotisation annuelle ;

3° Le produit des fêtes qui pourront être données au bénéfice de l'œuvre.

ART. 5. — La Commission administrative rend compte, chaque année, aux adhérents et fondateurs des opérations du Bureau de placement, et de la situation financière.

Les adhérents et fondateurs ont, dans une réunion tenue à cet effet, le droit de proposer toutes mesures propres à améliorer ces opérations ainsi que toutes modifications aux statuts.

Ces propositions sont étudiées par la Commission administrative et font l'objet d'un rapport à la plus prochaine réunion des adhérents et fondateurs.

ART. 6. — Un règlement, élaboré par la Commission administrative, fixe tout ce qui concerne le fonctionnement du Bureau de placement.

ART. 7. — Le concours du Bureau de placement gratuit est purement officieux : le rôle du Bureau consiste à mettre en rapport l'offre et la demande de travail ou d'emploi.

(*Annexe n° 6.*)

STATUTS

DU

BUREAU MUNICIPAL DE PLACEMENT GRATUIT

Du 6ᵉ Arrondissement

ARTICLE PREMIER. — Sous les auspices de la Municipalité et du Bureau de bienfaisance du 6ᵉ Arrondissement, il est créé un Bureau municipal de placement gratuit à l'usage des employés, domestiques et ouvriers des deux sexes.

Ce Bureau sera établi dans les dépendances de la Mairie.

ART. 2. — Il sera pourvu à son administration par une Commission administrative composée :

1° Du Maire et des Adjoints ;

2° D'une délégation de trois membres du Bureau de bienfaisance, renouvelable tous les ans ;

3° Et de cinq propriétaires, industriels, commerçants ou employés de l'Arrondissement, élus chaque année par et parmi les membres adhérents.

Un roulement mensuel déterminera l'ordre de service des membres de la Commission administrative.

ART. 3. — La Commission administrative choisit, chaque année, dans une réunion indiquée à cet effet, un Vice-Président, un Secrétaire et un Trésorier.

Le Maire est Président de droit.

Toutes ces fonctions sont essentiellement gratuites.

ART. 4. — Les ressources financières du Bureau comprennent :

1° Les subventions du Conseil municipal ;

2° Les dons qui lui sont faits par les personnes s'intéressant au but utilitaire et philanthropique qu'il poursuit.

Ces personnes prennent le nom de fondateurs ou adhérents.

Sont fondateurs ceux qui font à la Société un versement de
100 francs une fois payés.

Sont adhérents ceux qui versent une cotisation annuelle de
six francs au minimum, payable annuellement ou par semestre.

ART. 5. — Chaque année, la Commission administrative
rend compte aux adhérents, dans une réunion spéciale, des
opérations du Bureau et de sa situation financière.

Dans cette réunion, les membres adhérents ont droit de proposer toutes les mesures qu'ils jugent convenables pour faciliter ou améliorer ces opérations.

Les propositions sont étudiées par la Commission administrative, qui rend compte de son examen à la plus prochaine
réunion des adhérents.

ART. 6. — La Commission administrative fixe, au moyen
d'un règlement, les jours et heures de ses séances et tout ce
qui a trait au fonctionnement du bureau.

ART. 7. — Le concours du Bureau de placement est purement officieux, et ce Bureau n'encourt aucune responsabilité à
raison des indications qu'il donne.

Délibéré le 14 décembre 1888.

RÉPUBLIQUE FRANÇAISE

LIBERTÉ — ÉGALITÉ — FRATERNITÉ

VILLE DE PARIS (Sixième Arrondissement)

BUREAU MUNICIPAL DE PLACEMENT GRATUIT

Pour les Employés, Ouvriers et Domestiques des deux Sexes

La Municipalité du 6ᵉ Arrondissement a l'honneur d'informer ses Concitoyens qu'elle vient de fonder, sous les auspices du Bureau de bienfaisance, un Bureau municipal de placement gratuit pour les Employés, Ouvriers et Domestiques des deux sexes.

La Commission administrative chargée de diriger ce nouveau service, désireuse de voir réussir l'œuvre qu'elle entreprend, fait appel à toutes les personnes qui, à un titre quelconque, peuvent offrir du travail ou un emploi, et les prie de vouloir bien en donner avis à la Mairie, soit verbalement, soit par écrit, au Président de la Commission du Bureau de Placement, qui s'empressera de leur procurer, dans le plus bref délai, les personnes demandées.

Une boîte est placée sous le péristyle de la Mairie pour recevoir toutes les communications relatives au Bureau de placement, et notamment les offres d'emploi.

La Commission administrative engage également toutes les personnes désirant du travail ou un emploi à se faire inscrire au Bureau où il leur sera donné tous les renseignements nécessaires.

Ce nouveau service d'offres et de demandes fonctionnera à la Mairie, tous les jours, dimanches et fêtes exceptés, de 7 heures et demie à 9 heures et demie, à partir du lundi 7 Janvier 1889.

Paris, 1ᵉʳ Janvier 1889.

LE MAIRE, *Président* :

HENRY DEFERT.

NETZEL, BARRÉ, OUDINOT,
Adjoints.

LA COMMISSION ADMINISTRATIVE :

LE BAILLY, *Vice-Président.*
MARTIN, *Secrétaire.*
STORCK, *Trésorier.*

FERDEUIL, LAFON, ROCHAS
DUMINI et RICHÉ,
Membres.

VILLE DE PARIS

—

Mairie
du
Luxembourg

—

RÉPUBLIQUE FRANÇAISE

LIBERTÉ - ÉGALITÉ - FRATERNITÉ

Bureau municipal de placement gratuit

du 6ᵉ Arrondissement

POUR LES EMPLOYÉS, OUVRIERS ET DOMESTIQUES DES DEUX SEXES

La Municipalité du 6ᵉ Arrondissement a l'honneur d'informer ses Concitoyens que, sous les auspices du Bureau de bienfaisance et avec le concours de ses administrateurs, elle vient de fonder un Bureau municipal de placement gratuit pour les employés, ouvriers et domestiques des deux sexes.

Elle espère pouvoir compter sur le bon vouloir de toutes les personnes qui, à un titre quelconque, peuvent offrir du travail ou un emploi.

Nous n'avons pas besoin d'insister sur le caractère philanthropique de cette institution que nous croyons appelée à rendre de réels services à tous les intéressés.

Toutes les offres seront accueillies avec reconnaissance et devront être adressées, soit verbalement, soit par écrit, au *Président du Bureau de placement*, à la Mairie, qui s'empressera de leur donner suite dans le plus bref délai.

Ce Bureau, installé dans une salle du rez-de-chaussée de la Mairie, est ouvert tous les soirs, dimanches et fêtes exceptés, de 7 heures 1/2 à 9 heures 1/2.

Une boîte est installée sous le péristyle de la Mairie pour recevoir toutes les communications relatives au Bureau de placement, et notamment les offres d'emploi.

Paris, le 1ᵉʳ Janvier 1889.

La Commission administrative :
MM. LE BAILLY, *Vice-Président.*
MARTIN, *Secrétaire.*
STORCK, *Trésorier.*

MM. FERDEUIL, ROCHAS, DUMINI,
LAFON et RICHÉ, *Membres.*

Le Maire, Président :
HENRY DEFERT.

Les Adjoints :
MM. HETZEL, BARRÉ, OUDINOT.

(*Annexe n° 9.*)

MAIRIE DU 14ᵉ ARRONDISSEMENT

BUREAU MUNICIPAL DE PLACEMENT GRATUIT

STATUTS

ARTICLE PREMIER. — Est établi à la Mairie du 14ᵉ Arrondissement, un Bureau municipal de placement gratuit, ayant pour but d'aider à procurer du travail aux ouvriers et domestiques des deux sexes, *français* et *habitant* le 14ᵉ Arrondissement.

ART. 2. — Les ressources du Bureau de placement comprennent :

1° Les subventions accordées par le Conseil municipal de Paris ;

2° Les dons, les produits des fêtes données au profit de l'œuvre, etc.

Administration.

ART. 3. — Le Bureau de placement est administré par un Comité composé :

1° Du Maire et des Adjoints ;

2° Des Élus de l'Arrondissement ;

3° De quatre délégués de la Commission administrative du Bureau de bienfaisance, renouvelables chaque année ;

4° De quatre délégués du Conseil d'administration de la Caisse des Écoles, également renouvelables chaque année.

ART. 4. — Le Maire, ou à son défaut un des Adjoints désigné par lui, préside le Conseil d'Administration.

ART. 5. — Le Comité se réunit tous les deux mois et peut, en outre, être convoqué par le Président, en séance extraordinaire, lorsqu'il y a nécessité. Il prend ses résolutions à la majorité des membres présents. Cette majorité devant être toutefois supérieure au quart des membres inscrits.

ART. 6. — A la première séance ordinaire de chaque année, le Comité procède à l'élection, pour un an, de :
Un vice-président, — un secrétaire, — un trésorier.

Règlement.

ART. 7. — Le Bureau de placement est ouvert tous les soirs de 7 heures 1/2 à 9 heures 1/2 (dimanches et fêtes exceptés.)
Il est géré par un agent rétribué, nommé par le Maire, et placé sous la surveillance du Comité d'administration.

ART. 8. — Il est expressément défendu à cet agent, sous peine de révocation immédiate, d'accepter une rémunération quelconque des personnes ayant recours à ses services.

ART. 9. — Les offres des patrons sont consignées sur un registre, soit après déclaration verbale faite par eux à l'agent, soit après déclaration écrite sur imprimés spéciaux qu'ils feront parvenir par la poste ou déposeront dans une boîte installée sous le péristyle de la Mairie.

ART. 10. — Les demandes des employés, ouvriers et domestiques des deux sexes, sont consignées sur des fiches, et celles-ci sont disposées par métiers et selon les dates d'inscription.

ART. 11. — Pour obtenir leur inscription, les demandeurs doivent se présenter personnellement au Bureau, afin d'y fournir les pièces et renseignements établissant leur identité et leur moralité.

ART. 12. — Quand un patron se présente lui-même au Bureau, il peut choisir, parmi les personnes demandant l'emploi qu'il offre, celles qui doivent lui être adressées.
A tout patron n'ayant pas fait ce choix, l'agent du Bureau doit adresser les demandeurs suivant l'ordre de leur inscription.

ART. 13. — Le Bureau de placement considère que son rôle consiste surtout à mettre gratuitement en rapport les patrons et les employés, leur laissant le soin de s'entendre et de se renseigner par eux-mêmes.
Il ne peut donc prendre aucune responsabilité.

(*Annexe n° 10.*)

Bureau municipal de placement gratuit

POUR LES OUVRIERS ET EMPLOYÉS DES DEUX SEXES

STATUTS

Adoptés à l'unanimité par l'Assemblée générale du Samedi 18 Juin 1887, et modifiés par l'Assemblée générale du Samedi 24 Mars 1888.

ARTICLE PREMIER. — Un Bureau municipal de placement gratuit pour les employés et ouvriers des deux sexes est installé à la Mairie du 18ᵉ Arrondissement de Paris, sous les auspices de la Municipalité et des Membres du Bureau de Bienfaisance.

ART. 2. — Le Bureau est administré par un Conseil d'Administration de quatorze Membres, composé de :
Deux Membres de la Municipalité ;
Cinq Administrateurs du Bureau de Bienfaisance ;
Sept Commissaires du Bureau de Bienfaisance.

ART. 3. — Le Conseil d'Administration est nommé par l'Assemblée générale des Membres du Bureau de Bienfaisance convoqué à cet effet, à qui il présente annuellement le résultat de ses opérations.
Le Conseil est nommé pour deux ans, renouvelable par moitié tous les ans.
Les Membres sortants sont toujours rééligibles.

ART. 4. — Le Conseil, ainsi organisé, choisit dans son sein :
1 Président ;
1 Vice-Président ;
1 Secrétaire.

ART. 5. — Adopté, à l'unanimité, par l'Assemblée générale, le 24 mars 1888.

Les Membres du Bureau de placement qui, pour une cause quelconque n'entachant pas l'honorabilité, seraient obligés de quitter le Bureau de Bienfaisance, pourront continuer à faire partie du Bureau de placement et resteront éligibles.

Pour copie conforme :

Le Président.

Mairie du 18ᵉ Arrondissement

BUREAU DE PLACEMENT GRATUIT

Pour les Employés et Ouvriers des deux sexes

Les personnes qui désirent des Employés, Domestiques et Ouvriers, sont priées de s'adresser à la Mairie du 18ᵉ Arrondissement,

QUI ENVOIE DANS LES 24 HEURES

(Annexe n° 12.)

VILLE DE PARIS
—
Mairie
du
3ᵉ Arrondissement

Bureau municipal de placement gratuit

POUR LES OUVRIERS ET EMPLOYÉS DES DEUX SEXES

___

STATUTS

Présentés à la réunion du 3 Octobre 1888 et adoptés par l'Assemblée générale du 13 Octobre 1888.

TITRE PREMIER.

ARTICLE PREMIER. — Une Société est formée, sous le titre de : Bureau municipal de placement gratuit, entre toutes personnes qui adhèrent aux présents statuts.

ART. 2. — Le nombre des Membres et la durée de la Société ne sont pas limités.

ART. 3. — Son but est de procurer gratuitement du travail et des places aux personnes des deux sexes qui se trouvent sans ouvrage, habitant le 3ᵉ arrondissement, et de nationalité française.

TITRE II.

Composition de la Société.

ART. 4. — La Société se compose de :
 a). Membres de droit ;
 b). Membres honoraires ;
 c). Membres perpétuels ou fondateurs ;
 d). Membres donateurs ;
 e). Membres sociétaires.

ART. 5. — Sont :

a). *Membres de droit.*

Le Maire, les Adjoints, les Conseillers municipaux et le Juge de Paix de l'Arrondissement.

b). Membres honoraires.

Ce titre sera donné et voté par l'Assemblée générale à ceux des Membres auxquels elle désire donner un témoignage de reconnaissance pour services rendus à l'œuvre

c). Membres perpétuels ou fondateurs.

Ceux qui, dans le courant de l'année de leur adhésion, verseront une somme d'au moins 100 francs.

d). Membres donateurs.

Ceux qui verseront, dans l'année de leur adhésion, une somme d'au moins 25 francs.

e). Membres sociétaires.

Ceux qui paieront une cotisation annuelle d'au moins 3 fr.

TITRE III.

Ressources de la Société.

ART. 6. — Les ressources de la Société sont :
1° Les cotisations des Sociétaires ;
2° Les dons en argent qui lui seront faits ;
3° Les subventions qui pourront être accordées par le Conseil municipal de Paris ;
4° Les recettes provenant des quêtes, concerts ou fêtes qui pourront être organisés à son profit ;
5° Les revenus des fonds placés.

TITRE IV.

Assemblée générale.

ART. 7. — L'Assemblée se réunit chaque année dans le mois de novembre ; elle entend un rapport moral et financier, elle modifie les statuts.

Toute discussion étrangère au but de l'œuvre est formellement interdite à l'Assemblée générale, comme en séance du Conseil.

Tout membre titulaire qui n'aurait pas acquitté sa cotisation avant le 1er novembre ne pourra pas assister à cette séance.

TITRE V.

Administration.

ART. 8. — La Société est administrée par un Conseil d'administration composé de 15 membres, outre les membres de droit.

ART. 9. — Les Membres du Conseil d'administration sont élus pour trois ans au scrutin secret par l'Assemblée générale annuelle, à la majorité des membres présents.

Le Conseil se renouvelle par tiers tous les ans ; les membres sortants sont rééligibles.

A l'expiration de la première et la deuxième année les membres sortants sont désignés par le sort.

Nul ne pourra être membre du Conseil d'administration s'il n'est de nationalité française, et s'il ne jouit de ses droits civils et civiques.

ART. 10. — Le Conseil d'Administration élit chaque année son bureau à la majorité des membres présents, savoir :

> Un Président ;
> Deux Vice-Présidents ;
> Un Secrétaire Général ;
> Un Secrétaire-Adjoint ;
> Un Trésorier ;
> Neuf Administrateurs.

ART. 11. — Le Conseil d'Administration siège une fois par mois à la Mairie.

ART. 12. — Les propositions émanant de Sociétaires devront être envoyées au président deux mois avant l'Assemblée Générale, afin qu'elles puissent être examinées utilement par le Conseil et portées à l'ordre du jour de l'Assemblée Générale.

ART. 13. — Toute proposition de révision des Statuts devra être signée par 25 membres. Les modifications statutaires qui seraient adoptées par la Société ne pourront être mises en vigueur sans l'assentiment préalable de l'autorité compétente.

ART. 14. — Le compte-rendu moral et financier qui aura été fait à l'Assemblée générale annuelle sera envoyé chaque fin d'année à l'autorité compétente, qui sera en même temps informée des changements survenus dans la composition du Conseil d'Administration et du Bureau.

Art. 15. — En cas de dissolution de la Société, l'actif sera réparti entre les Sociétés et Œuvres de Bienfaisance reconnues par la municipalité du 3ᵉ Arrondissement.

TITRE VI.

Règlement.

Art. 16. — Le Bureau de placement absolument gratuit est ouvert dans une salle de la Mairie, tous les soirs de sept heures et demie à neuf heures et demie, les dimanches et jours fériés exceptés.

Il est dirigé par un agent rétribué par la Société, qui est placé sous la surveillance d'un membre du Conseil, délégué à cet effet, et renouvelé à tour de rôle chaque semaine. Le délégué devra chaque soir consigner ses observations sur un livre *ad hoc* et y apposer sa signature.

Art. 17. — Deux registres sont établis :
Le premier pour l'inscription des demandes d'emplois ;
Le second est réservé aux demandes d'employés ou d'ouvriers.

Art. 18. — Aucun postulant ne pourra faire de réclamation si d'autres personnes inscrites après lui sont placées avant, le devoir du Bureau étant de trouver un emploi qui convient le mieux aux aptitudes du candidat.

Art. 19. — Toute personne qui recourra au bureau de placement devra présenter les pièces nécessaires pour justifier son honorabilité, ses loyaux services dans les places occupées par elle précédemment, et un certificat de son propriétaire, une quittance de loyer ou une carte d'électeur constatant qu'elle habite dans le 3ᵉ Arrondissement.

Art. 20. — A peine de révocation immédiate, il est rigoureusement interdit à l'agent de recevoir une rétribution des patrons ou des patronnes.

ART. 21. — Toute personne qui se comporterait mal dans le bureau devra être immédiatement renvoyée.

ART. 22. — A chaque séance du Conseil l'agent présentera un rapport sur les opérations du bureau, depuis la dernière réunion, c'est-à-dire, une liste des offres d'emplois, une des demandes des postulants et le nombre de personnes des deux sexes qui auront été placées par le Bureau.

ART. 23. — Le Conseil fera connaître par insertion dans les journaux et par voie d'affiches l'existence de ce mode gratuit de placement, et les précautions prises par la Société pour ne placer que des sujets bien recommandables.

ART. 24. — Toutes les mesures que l'expérience démontrera nécessaires pour le bon fonctionnement du bureau devront être prises par le Conseil d'Administration.

Mairie du 3ᵉ Arrondissement

La Municipalité prie Messieurs les Patrons de bien vouloir adresser leurs demandes d'Employés, Ouvriers ou Domestiques des deux sexes, à la Mairie (Square du Temple).

BUREAU MUNICIPAL DE PLACEMENT GRATUIT

Ouvert tous les jours, de 10 h. à 5 h. (Dimanches et Fêtes exceptés)

COTÉ DROIT, AU REZ-DE-CHAUSSÉE, SALLE N° 30

FERMÉ DE MIDI A UNE HEURE

PLACEMENTS MENSUELS

Du 15 Novembre 1888 au 30 Septembre 1889

(3e Arrondissement)

MOIS	HOMMES	APPRENTIS garçons	FEMMES	APPRENTIS filles	TOTAUX
Du 15 Novembre 1888 au 3 Janvier 1889.	27	2	32	»	61
Du 3 Janvier 1889, au 31 du dit..........	94	8	65	»	167
Février 1889	71	12	100	»	183
Mars »	120	6	116	3	245
Avril »	135	8	135	2	280
Mai »	125	8	181	5	319
Juin »	71	11	107	»	189
Juillet »	95	7	111	»	213
Août »	122	27	152	»	301
Septembre 1889	186	11	119	2	318
Totaux	1.046	100	1.118	12	2.276

Tableau dressé par E. CHAPONNET, Agent général du Bureau.

ANNEXES DU CHAPITRE SECOND

Annexe 1.

Ville de Paris. — Mairie du 6ᵉ Arrondissement

BUREAU MUNICIPAL DE PLACEMENT GRATUIT

Reçu de M

la somme de

à titre d'   pour l'

Paris, le

LE TRÉSORIER,

VILLE DE PARIS

MAIRIE DU 6ᵉ ARRONDISSEMENT

Bureau Municipal de Placement gratuit

Report. . .

Reçu de M

rue

la somme de

pour sa cotisation de

Total à reporter . . .

Annexe 2.

Bureau municipal de placement gratuit
Du 6e Arrondissement

BULLETIN D'ADHÉSION

Je soussigné,

(Nom et prénoms)

(Profession ou qualité)

(Domicile)

après avoir pris connaissance des Statuts de la Société du

Bureau municipal de placement gratuit, *m'engage à verser*

à la caisse de ladite Société, à titre de

(Fondateur ou Adhérent)

la somme de

payable par annuité ou par semestre.

Paris, le 188

VILLE DE PARIS

MAIRIE
du
6ᵉ ARRONDISSEMENT

RÉPUBLIQUE FRANÇAISE

LIBERTÉ, ÉGALITÉ, FRATERNITÉ

BUREAU MUNICIPAL DE PLACEMENT GRATUIT
Pour les Employés, Ouvriers et Domestiques des deux sexes

Offre d'emploi

Nom :

Adresse :

Maison (bourgeoise ou de commerce)

Nature de l'emploi proposé :

Conditions spéciales exigées

Prix :

Age :

Se présenter le _____ *à* _____ *h. du* _____

Paris, le _____

Signature :

Annexe 4.

OFFRES D'EMPLOI

N°s d'ordre.	DATES	NOMS	DOMICILES	EMPLOIS OFFERTS	CONDITIONS DE L'EMPLOI	SUITE DONNÉE

Annexe 5.

DEMANDES D'EMPLOI

N° D'ORDRE	DATES	NOMS et PRÉNOMS	DOMICILE	PROFESSION	NAISSANCE		NATURE de l'emploi demandé	RÉFÉRENCES données	OBSERVATIONS
					DATE	LIEU			

Annexe 6.

N°

Nom

Lieu
et
date de naissance :

Profession :

Domicile :

Certificats :

Emploi demandé :

DATE DES DEMANDES	SUITE DONNÉE	Numéro du livre d'offres	OBSERVATIONS

Renseignements divers

sait lire écrire

Annexe 7.

Bureau Municipal

DE PLACEMENT GRATUIT DU 3ᵉ ARRONDISSEMENT

Nº

Paris, le ....

M ....

Le conseil a l'honneur de vous présenter

M ....

pour l'emploi de ....

suivant votre demande du ....

Nous espérons que cette personne qui nous a fourni de bonnes références pourra remplir les conditions de la place vacante chez vous.

Veuillez agréer, M .... *, nos salutations empressées.*

Pour le conseil d'administration

l'Agent

Réponse S. V. P. si vous acceptez ou refusez cette personne.

Signature du patron

NOTA. — L'employé devra rapporter cette réponse au bureau dans les 24 heures, sous peine de se voir rayé du livre d'inscription.

Annexe 8.

RÉPUBLIQUE FRANÇAISE
LIBERTÉ ÉGALITÉ FRATERNITÉ

VILLE DE PARIS

MAIRIE DU Vᵉ ARRONDISSEMENT

SERVICE MUNICIPAL DE PLACEMENT GRATUIT

POUR LES EMPLOYÉS ET OUVRIERS DES DEUX SEXES

Paris, le .... 188 ....

Le bureau est ouvert tous les
jours, sauf les dimanches et fêtes
de 7 h. 1/2 à 9 h. 1/2 du soir,
pour les offres et emplois.

M

Nous avons l'honneur de vous adresser M ....

....

demeurant .. ..

porteur de la présente, qui sollicite l'emploi dont vous avez

fait offre au Bureau municipal de placement gratuit.

Veuillez nous aviser en cas d'acceptation, et agréer l'assu-

rance de notre considération distinguée.

LE PRÉSIDENT DE LA COMMISSION EXÉCUTIVE,

Art. 7.— **Le concours du Bureau municipal de placement
gratuit est purement officieux :** le rôle du bureau consiste à
mettre en rapport l'offre et la demande de travail ou d'emploi.

★

Annexe 9.

RÉPUBLIQUE FRANÇAISE
Liberté — Egalité — Fraternité

VILLE DE PARIS
MAIRIE DU VIe ARRONDISSEMENT

Bureau Municipal de Placement gratuit
pour les Employés, Ouvriers et Domestiques
des deux sexes

Demande N°
Offre N°

Paris, le *188*

M

Vous êtes invité à vous présenter aujourd'hui,
à .... *heures, muni de vos certificats, chez*
M .... *, rue* ....
n° .... *, dont les offres nous paraissent devoir vous convenir*
au sujet de la place que vous sollicitez.

Le Président de la Commission de Placement,

NOTA. — La présente lettre devra être retournée par vous au Bureau dans les **24 heures**, avec la mention « Placé ou Non Placé. »

Toute personne négligeant cette formalité sera rayée de l'inscription.

M .... *, Rue* .... *, N°* ....

TABLE DES MATIÈRES

CHAPITRE SECOND

LES BUREAUX DE PLACEMENT PRIVÉS

TROISIÈME PARTIE

ANNEXES DU CHAPITRE PREMIER

ANNEXES DU CHAPITRE SECOND